CW01336344

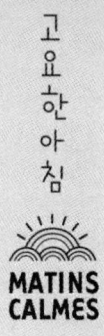

Les lettres
du secret

CHAN·OK
label dirigé par Hélène Charbonnier

Pour le texte © 2006, Bae Yoo-an
Titre original : *Chojeongni pyeonji*
Pour les droits de l'édition originale publiée en République de Corée *(all rights reserved)*
© 2007, 창비 (Changbi Publishers Inc.)

Pour la présente édition en langue française © 2010, Flammarion,
par l'intermédiaire de Pauline Kim Agency (République de Corée)
N° d'édition : L.01EJEN000369.N0001

Illustration : Charlotte Gastaut
Conception graphique : Studio Père Castor

Tous droits de reproduction réservés

www.chan-ok.fr
www.editions.flammarion.com

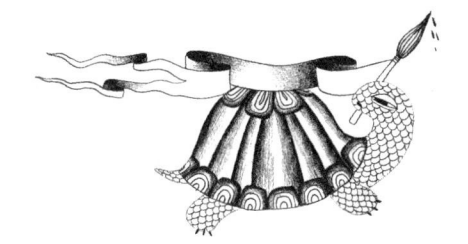

Bae Yoo-an

Les lettres du secret

Traduit du coréen par Lim Yeong-hee et Françoise Nagel

ROMANS
CHAN·OK

Au roi Sejong

Je dédie ce roman au roi Sejong qui eut le courage de choisir une voie solitaire.

Bien qu'il eût appris à lire et à écrire le chinois dès sa plus tendre enfance et n'éprouvât aucune difficulté pour s'exprimer par écrit, le grand roi consacra beaucoup de son temps et de ses efforts à l'invention et à la mise au point d'un nouveau système d'écriture destiné au peuple coréen tout entier.

Plusieurs documents témoignent de l'application que mit le roi Sejong à étudier la phonétique. Il aurait largement mérité de se faire un nom en tant que linguiste. Mais ses travaux furent occultés par la réalisation de ses autres grands projets dans le domaine des sciences, de la musique et de l'agriculture.

En créant le *hangeul*, le roi fut confronté à plusieurs difficultés : il dut non seulement convaincre ses ministres, mais aussi prendre garde de ne pas offenser la Chine. Au cours d'un débat portant sur le nouvel alphabet, un ministre alla même jusqu'à critiquer sévèrement le roi qui, selon lui, perdait trop de temps à des choses sans utilité pour l'intérêt du pays. Malgré ce reproche humiliant pour un souverain, la volonté du roi Sejong ne faiblit jamais. Si l'intérêt qu'il portait à son peuple avait été moins sincère, il n'aurait pas imposé le *hangeul* par décret.

C'est touché par la solitude du souverain, que j'ai décidé de raconter à mes élèves l'histoire du *hangeul*. En tant qu'enseignant, j'aime la langue coréenne et regrette de la voir si peu appréciée à sa juste valeur.

En lisant dans un document ancien que le roi Sejong avait testé le *hangeul* sur sa deuxième fille, j'ai supposé qu'il l'avait aussi testé sur le petit peuple. J'en étais pratiquement persuadé, même si aucun document n'en avait gardé la preuve. C'est ainsi qu'est né mon héros, Jang-un, issu du commun.

Pour me documenter, j'ai étudié avec attention *La Chronique du roi Sejong*. J'ai ainsi appris que le roi avait un caractère à la fois doux et ferme. Il mettait toujours l'intérêt du peuple au centre de ses préoccupations.

En écrivant ce roman, je suis tombé amoureux de ce grand roi.

Je remercie Son Ju-il, professeur de coréen de l'université de Gangwon.

Bae Yoo-an

Bae Yoo-an,
née en 1957 en Corée du Sud, a fait des études littéraires à l'université de Pusan. Elle enseigne le coréen tout en se consacrant à l'écriture de romans pour la jeunesse. En 2003, son roman *Le Chien dans la poussette* a été primé par un mensuel pour enfants. *Mémoires d'une libellule* a également été couronné lors d'un concours littéraire organisé par un journal bouddhiste en 2006.

CHAPITRE 1
Le vieil homme aux yeux de lapin 11

CHAPITRE 2
Jouer avec les lettres 27

CHAPITRE 3
Grande sœur 39

CHAPITRE 4
La dernière lettre 51

CHAPITRE 5
Premières sculptures 59

CHAPITRE 6
Une lettre de Deok 71

CHAPITRE 7
Une petite tortue et un crapaud porte-bonheur 85

CHAPITRE 8
Le chantier du tailleur de pierre 95

CHAPITRE 9
« Je reviendrai te chercher. »..................... 111

CHAPITRE 10
Qui était-il donc, ce gentilhomme ?................ 123

CHAPITRE 11
Un chantier à Hanyang 133

CHAPITRE 12
L'école par terre............................... 149

CHAPITRE 13
La vasque au lotus 157

CHAPITRE 14
Quelques pincées d'herbes médicinales
et un peu d'eau 169

CHAPITRE 15
La lettre dans le pavillon....................... 179

ㄱ

CHAPITRE 1

Le vieil homme
aux yeux de lapin

Jang-un enfila ses chaussures de paille et sortit dans la cour. Une douce brise matinale lui caressa le visage. De la cour de sa maison, il pouvait voir tout le village. Au bas de la colline s'éparpillaient quelques belles maisons aux toits de tuile et, un peu plus loin, au bord du ruisseau, une vingtaine de chaumières se blottissaient les unes contre les autres. Çà et là, des volutes de fumée s'élevaient dans les rayons du soleil.

Jang-un aimait particulièrement ce moment de la matinée. Chaque fois qu'il regardait son village se réveiller ainsi peu à peu, il avait l'impression qu'une belle journée s'annonçait. Ce matin-là, il s'était levé plus tôt que d'habitude ; il avait déjà balayé la cour et déjeuné d'une bouillie d'orge.

— Grande Sœur ! appela-t-il. Je vais ramasser du petit bois.

Jang-un alla dans la remise, mit deux gourdes dans le filet qu'il attacha sur sa hotte, chargea celle-ci sur son dos et ressortit dans la cour. Deok, sa sœur aînée, qui était en train de nettoyer le *maru*[1] avec une serpillière, l'accompagna jusqu'au portail en branchages.

---

1. Le *maru* désigne le plancher de bois de la pièce centrale ou une galerie bordant la maison traditionnelle coréenne. (Toutes les notes sont des traductrices.)

— Fais attention à toi, lui recommanda-t-elle. Aujourd'hui, je vais travailler aux champs.
— Où ça ?
— Dans le champ de sésame du meunier. Je laisserai un bol de bouillie dans le foyer. Tu n'auras qu'à le donner au père quand tu reviendras.
— Entendu !

Toutefois, inquiet de n'entendre aucun bruit en provenance de la chambre de leur père, Jang-un revint sur ses pas et ouvrit doucement la porte. Son père n'avait mangé que quelques cuillerées d'orge et s'était rendormi.

La maison se trouvait sur un versant de la montagne, à l'écart du village. Frappant le sol herbeux de petits coups de bâton, Jang-un grimpa le sentier et arriva bientôt à mi-pente. Des asters mauves frissonnaient dans le vent frais.

Faisons cuire des gâteaux, houuou !
Mais nous n'avons pas de riz, houuou !
Il n'y a qu'à en emprunter, houuou !
Et comment comptes-tu le rendre ? Houuou !

À force de fredonner cette comptine, Jang-un éprouva soudain une irrésistible envie de gâteau de farine de riz. Hélas, il dut se contenter du raisin sauvage mûr à point qu'il cueillit en chemin. Il arriva bientôt sur la tombe de sa mère, tombe qu'il était capable à présent de voir sans se mettre à pleurer.

Sa mère était morte l'hiver précédent, emportée par une maladie qui avait fait gonfler tout son corps. Son père l'avait soignée trois ans durant avec dévouement. Il avait essayé tous les remèdes possibles. Mais en vain.

Après la mort de sa mère, son père, qui était tailleur de pierre, s'était mis à errer comme un dément, ne rentrant à la maison qu'à la nuit tombée. Cela dura plus de deux mois. Puis, comble de malheur, il s'était blessé au poignet gauche peu après avoir repris son travail. C'était un artisan minutieux, mais ce jour-là, absorbé dans ses pensées, il s'était donné un méchant coup de massette sur la main.

Le père de Jang-un avait alors vu ses forces décliner peu à peu ; il était devenu d'une pâleur maladive. À présent, pour subvenir tant bien que mal aux besoins de la famille, le garçon ramassait du bois et sa sœur, âgée de quatorze ans, travaillait comme journalière.

Jang-un contempla un instant la tombe de sa mère, puis se releva, la mine résolue. Il brandit son bâton en direction du ciel avant de se remettre en marche. Quelques instants plus tard, alors qu'il commençait à transpirer, il aperçut enfin la source dont il était le seul à connaître l'emplacement exact, dissimulée comme elle l'était dans l'épaisseur d'un bosquet, à l'abri des regards. Dans un creux de terrain, l'eau s'égouttait d'entre les pierres couvertes de mousse, au milieu des herbes. Jang-un avait découvert cette source par hasard, un jour qu'il pourchassait un lièvre.

Il posa sa hotte et plaça l'une de ses gourdes sous le mince filet d'eau en prenant soin de la caler avec des cailloux. La gourde allait mettre un long moment à se remplir.

Jang-un s'allongea sur un tapis de feuilles si épais qu'il s'enfonça dedans avec le même plaisir que s'il s'était agi d'un coussin moelleux. L'odeur de la terre et des feuilles mortes lui chatouillait les narines. Entre les arbres, le ciel était d'un bleu limpide. Un rayon de soleil filtrant entre les feuilles l'enveloppait de sa lumière blanche.

Tap tap tap ! Se levant d'un bond, Jang-un vit passer, aussi rapide que l'éclair, la petite queue d'un lièvre. Il s'empara aussitôt d'un caillou et se lança à sa poursuite. L'animal s'arrêta sur une grosse pierre, regarda autour de lui. Dès qu'il aperçut Jang-un, il repartit comme une flèche.

« Si j'arrive à l'attraper, je l'échangerai contre un peu de riz », songea le garçon.

Jang-un se précipita pour couper la route à l'animal et le forcer à dégringoler la pente. Il savait qu'avec ses pattes antérieures trop courtes le lièvre était désavantagé dans les descentes. Mais celui-ci disparut derrière un petit monticule, et Jang-un fut obligé d'accélérer l'allure pour ne pas le laisser lui échapper.

— Où est-il passé ? marmonna-t-il en scrutant les alentours.

Juché sur un rocher non loin de là, le lièvre l'observait d'un regard moqueur. Faisant mine de ne pas l'avoir vu, Jang-un s'approcha tout doucement. L'animal s'enfuit de nouveau. Le garçon le poursuivit en poussant des cris menaçants, comme s'il avait espéré que le lièvre, affolé, s'emmêle les pattes et culbute.

Arrivé au sommet d'une petite élévation de terrain, l'animal, au lieu de redescendre de l'autre côté, changea brusquement de direction et disparut. Frustré, Jang-un pesta entre ses dents :

— Oh non ! Voilà mon rêve de riz blanc qui s'envole !

Alors seulement, il se retourna et s'aperçut qu'il s'était beaucoup éloigné de la source. Il se retrouvait maintenant sur le versant opposé de la montagne. Alors qu'il s'apprêtait à faire demi-tour, il entrevit le coin d'un toit de tuiles.

« Qu'est-ce que c'est ? » se demanda-t-il, intrigué.

1 | Le vieil homme aux yeux de lapin

Il décida d'en avoir le cœur net. Après avoir marché un moment, il parvint à un petit pavillon au toit élégant. De là, on avait une vue imprenable sur les villages en contrebas. De grands gaillards montaient la garde autour du bâtiment. Un homme âgé en habit de lettré se tenait au pied des marches. Dans le pavillon était assis un vieil homme coiffé d'un *gat*[1], l'air digne, le regard dans le lointain.

« Qui sont ces gens ? songea Jang-un. Pourquoi sont-ils aussi silencieux ? Ils me font peur. »

Il tenta de reculer aussi discrètement que possible, mais trébucha et tomba sur les fesses.

— Aïe aïe aïe !

Il dégringola la pente sur plusieurs mètres et, en essayant de se retenir, s'écorcha les mains.

— Qui va là ?

Plusieurs gardes accoururent. Paralysé par la peur, Jang-un regarda les hommes qui l'entouraient, l'air menaçant. Les paroles de son père lui revinrent en mémoire : « Évite d'aller dans le village de l'autre côté de la montagne. C'est plein de soldats et de nobles, et tu risques de te faire rouer de coups au moindre prétexte. »

— Qui es-tu ? demanda l'un des hommes. Que fais-tu ici ?

— Euh... je poursuivais un lièvre...

— Ce n'est pas un endroit pour toi, ici. Rentre chez toi !

— Oui, messire ! Tout... tout de suite !

Jang-un se releva péniblement. De vilaines égratignures lui brûlaient la paume des mains.

C'est alors qu'une voix grave retentit :

— Amenez-moi cet enfant !

---

1. *Gat* : chapeau coréen tissé en crin de cheval, généralement porté par les nobles.

Jang-un sentit son cœur bondir dans sa poitrine. Glacé d'effroi, il se tourna vers l'endroit d'où venait la voix. Le vieil homme assis dans le pavillon le considérait fixement.

— C'est un petit paysan, dit le lettré, embarrassé. Je ne peux pas...

— Aucune importance, l'interrompit le vieux gentilhomme. Je m'ennuie tellement ! Hâte-toi de le faire venir auprès de moi.

Le lettré s'inclina.

— À vos ordres ! répondit-il.

— Suis-moi ! dit l'un des hommes en faisant un signe à Jang-un.

Il escorta le garçon jusqu'au lettré puis s'éloigna.

— Fais-le monter ! ordonna le vieil homme.

Le lettré toisa Jang-un d'un regard réticent. La voix posée du gentilhomme semblait appartenir à un autre monde. Impressionné, le garçon demeurait muet.

— Je t'ai dit de le faire monter.

Le lettré palpa le corps de Jang-un.

« Que fait-il ? se demanda celui-ci sans pouvoir se retenir de pouffer. Il me chatouille ! »

Lorsque l'homme lui lança un regard furibond, Jang-un se pinça les lèvres pour s'empêcher de rire davantage. Le lettré le fit se prosterner devant le gentilhomme puis alla se camper un peu en retrait.

— Qui es-tu ?

Intimidé, Jang-un rentra la tête dans les épaules. Ses lèvres tremblaient.

— Je... je m'appelle Jang-un, bredouilla-t-il. J'habite au village de Deulmal.

— Deulmal ? Où est-ce ?

1 | Le vieil homme aux yeux de lapin

— De... de l'autre côté de la montagne.
Sans réfléchir, Jang-un se redressa à moitié pour pointer le doigt dans la direction de son village. Le lettré le fusilla du regard. Effrayé, le garçon se ratatina sur lui-même.
— Quel âge as-tu ?
— J'ai... j'ai onze ans.
Vu de près, l'homme paraissait moins terrifiant qu'il ne l'avait cru tout d'abord. Jang-un se sentit un peu rassuré.
— Tu es venu jusqu'ici tout seul ?
— Oui, j'étais en train de puiser de l'eau de source quand j'ai vu un lièvre. Je lui ai couru après. J'aurais pu l'échanger contre quatre livres de riz.
— Vraiment ? Et tu as réussi à l'attraper ?
— Non.
— Quel dommage !
— J'aurais tellement voulu offrir du riz blanc à mon père et à ma grande sœur !
Jang-un leva légèrement la tête, mais dès que son regard croisa celui du gentilhomme, il la baissa aussitôt. Quelques secondes plus tard, il risqua de nouveau un coup d'œil. L'homme avait les yeux tout rouges et les paupières gonflées.
— Grand-père[1]... euh... je veux dire, messire ! Enfin, non...
Devant l'air confus de Jang-un, le vieil homme éclata de rire.
— Grand-père ? Ha ha ha ! Il me plaît d'être appelé ainsi. Continue.

1. En Corée, les enfants appellent « grand-père » tous les hommes âgés. Les hommes plus jeunes, ils les appellent « oncle ».

— Grand-père... euh...

Avec un sourire gêné, Jang-un se gratta le crâne. Mais dès que le gentilhomme lui eut rendu son sourire, il se sentit beaucoup plus à l'aise.

— Pourquoi avez-vous les yeux rouges, Grand-père ? On dirait des yeux de lapin.

Trop tard ! Les mots lui avaient échappé ! Honteux de sa maladresse, il se plaqua une main sur la bouche.

— Des yeux de lapin ? Ha ha ha ! Tu as raison, j'ai les yeux malades. C'est justement pour me soigner que je suis venu dans cette région. Car on m'a parlé d'une source qui guérit ce genre de maux.

— Vous voulez dire l'eau de source du village au pied de la montagne ? Il paraît qu'elle a un goût un peu piquant mais qu'elle est très efficace contre toutes sortes de maladies.

Le gentilhomme hocha la tête en souriant.

— Vous venez de Cheongju ? poursuivit Jang-un. J'ai entendu dire qu'il y avait beaucoup de nobles de haut rang là-bas...

— Non, je viens de beaucoup plus loin.

— De Hanyang[1] ?

Le vieil homme ne répondit pas. Il se contenta de sourire.

— Alors, comme ça, vous venez de Hanyang ! J'aimerais bien y aller quand je serai grand. On y voit de tout là-bas, pas vrai ?

— Il faudra que tu visites le pays tout entier quand tu seras grand, pas seulement Hanyang. Au fait, l'eau de ta source, est-elle bonne ?

---

1. Hanyang : ancien nom de Séoul.

1 | Le vieil homme aux yeux de lapin

— Maître Yun la trouve délicieuse et dit que c'est un excellent remède. Quand je lui en apporte une gourde en plus d'un fagot, il me donne quatre livres d'orge. Je suis le seul à savoir où la trouver.

— Qui est Maître Yun ?

— C'est un noble de mon village pour qui je ramasse du petit bois. Il a les sourcils tout blancs.

— Je vois. Dans ce cas, pourrais-tu m'apporter une gourde de cette eau ? En échange, je te donnerai quatre livres de riz blanc.

— Quoi ? Quatre livres de riz pour une gourde d'eau ? Vous êtes sûr ?

— Tout à fait. Tu dois nourrir ta famille, n'est-ce pas ?

— C'est vrai, mon père est trop malade pour travailler. En plus, il ne peut plus se servir de sa main gauche...

Jang-un s'interrompit. Il craignait tout à coup de se montrer impoli. Il jeta un coup d'œil vers le lettré resté au bas des marches. L'homme détourna la tête.

— Et ta mère ?

— Elle est morte l'hiver dernier. Mon père ne s'en est jamais remis.

— Pauvre petit ! Tu as de bien lourdes responsabilités pour ton âge, dit le gentilhomme en secouant la tête.

— Vous reviendrez demain, Grand-père ? chuchota Jang-un. Et vous me donnerez vraiment du riz si je vous apporte de l'eau ?

— Bien sûr, répondit l'homme en baissant la voix à son tour. Tu peux compter sur moi.

De profondes rides se creusèrent autour de ses yeux rieurs. À le voir ainsi, Jang-un se sentit soudain très proche de lui. Toutes ses craintes s'envolèrent.

21

Bien que le chemin du retour jusqu'à la source fût très escarpé, Jang-un le parcourut d'un cœur léger. Il remplit son autre gourde et récupéra sa hotte. Le soleil était déjà au zénith.

— Il faut que je me dépêche ! s'exclama-t-il pour lui-même. Le père doit avoir faim.

Jang-un coupa en hâte plusieurs petites branches et ramassa des feuilles mortes. Il confectionna un fagot qu'il entoura de quelques branches de pin et lia à l'aide d'une cordelette de paille. Lorsqu'il eut enfin fini, son front et son dos étaient trempés de sueur. Il tassa le fagot à coups de bâton, glissa à l'intérieur le filet contenant les deux gourdes et chargea le tout sur sa hotte. Puis il redescendit vers sa maison.

« Tant pis si je n'ai pas attrapé le lièvre ! se dit-il. Demain, j'aurai du riz. C'est tout de même mon jour de chance ! »

Jang-un dévala la pente d'une traite. Il avait l'impression de voler. Son fagot lui semblait aussi léger qu'une plume. Il se mit à chantonner :

Montagne, montagne,
Prends mon bol de riz,
Je mangerai le tien.
Échangeons nos bols de riz
Et nos bols de soupe.

Arrivé au portail de sa maison, il vit, par la porte de la chambre grande ouverte, son père assis, adossé contre un mur. Il avait le teint sombre, le visage émacié.

— Père ! appela joyeusement Jang-un en déposant sa hotte sur le sol. Demain, nous aurons peut-être du riz à manger.

Sans cesser de bavarder, Jang-un accompagna son père aux latrines. Il lui raconta sa rencontre avec le vieux gentilhomme aux yeux de lapin.

— Ce doit être un noble de haut rang, remarqua le père sans montrer beaucoup d'intérêt. Alors, prends garde au moindre mot qui sortira de ta bouche, car il pourrait bien t'en cuire.

Il regagna la chambre et s'allongea, épuisé. Il n'avait pas touché à la bouillie que Deok avait posée sur la table pour lui. Jang-un prit le bol laissé dans le foyer – il était encore chaud – et le disposa sur la table basse avec du raisin sauvage et une gourde d'eau de source.

— Voici de la bouillie toute chaude, Père. Mangez aussi un peu de raisin sauvage que j'ai cueilli pour vous.

— Il est déjà mûr ?

Jang-un aida son père à s'asseoir confortablement devant la table.

— C'est très bon, dit ce dernier.

Rassuré de le voir vider son bol de bouillie, Jang-un mangea un peu d'orge accompagnée de pâte de soja fermenté.

— Je vais apporter du bois chez Maître Yun, annonça-t-il, en remettant la hotte sur son dos.

Ne possédant aucune terre, la famille ne mangeait pas souvent à sa faim depuis l'accident du père. Aussi Jang-un coupait-il du bois pour les gens aisés du village en échange de quelques poignées de grains d'orge ou autres céréales. Toutefois, il n'osait pas aller trop souvent chez ces gens de peur de les gêner, car tous disposaient déjà d'au moins un garçon dans la famille pour se charger de cette corvée. Un jour, la femme de Bong-gu, qui était domestique chez Maître Yun, avait parlé de lui à son maître et, grâce à elle, Jang-un avait obtenu de celui-ci la permission de livrer du bois tous les deux jours. Bien que la famille de Maître Yun appartînt à la noblesse, elle n'était pas très fortunée. Mais elle donnait tout de même à Jang-un quatre livres d'orge contre un fagot de bois et une gourde d'eau de source. Chaque fois qu'elle voyait Jang-un, Dame Yun avait toujours un mot gentil à son intention. Le garçon n'avait désormais plus besoin d'affronter aussi souvent le regard de pitié des autres.

Comme il déposait le contenu de sa hotte dans la cuisine de Maître Yun, la femme de Bong-gu versa quatre livres d'orge dans son sac de chanvre.

— Tu dois avoir faim ? lui dit-elle en lui tendant un petit pain d'orge qu'elle venait de faire cuire.

Jang-un en eut l'eau à la bouche, mais il mit le gâteau sur sa hotte.

— Tu préfères le garder pour Deok ? demanda la femme.

Elle lui donna alors deux autres gâteaux. Gêné, Jang-un se gratta le crâne. La femme lui caressa les cheveux et lui tapota le dos en disant :

— Te voilà déjà un homme !

Le visage écarlate, Jang-un mangea les gâteaux sur place.

Alors qu'il rentrait tranquillement chez lui, sa hotte vide sur le dos, un garçon, occupé à travailler dans un champ de sésame, l'appela en faisant de grands gestes de la main. C'était Obok.

— Bonjour, Grand Frère ! s'écria Jang-un en accourant vers lui.

Ami d'enfance de Deok, Obok était employé comme valet chez le meunier depuis le décès de ses deux parents à peu de temps d'intervalle.

— Comment va ton père ? demanda-t-il.
— Comme ci, comme ça.
— Quel souci pour vous ! J'espère qu'il ira bientôt mieux. Deok est dans un champ de sésame, là-haut.
— Bien.
— Rentre vite ! Ton père a peut-être besoin de toi. Je passerai chez vous ce soir.
— Comme tu veux. À tout à l'heure !

CHAPITRE 2

Jouer avec les lettres

Le vieil homme aux yeux de lapin était assis, plein de dignité, sur le plancher du pavillon et, comme la veille, contemplait le paysage en contrebas. Sur les talons du lettré, Jang-un monta timidement les marches. Le vieil homme l'accueillit d'un sourire bienveillant et lui fit signe de s'asseoir.

Le garçon s'agenouilla devant lui et lui tendit une gourde avec ses deux mains[1].

— Voici l'eau de source que j'ai puisée pour vous.

Le vieil homme avait tenu parole. Un petit sac était posé à côté de lui. Jang-un y jeta un coup d'œil furtif. Ce devait être du riz, pensa-t-il.

Le lettré s'approcha, prit la gourde et lui donna le sac qui semblait contenir beaucoup plus que les quatre livres promises. Jang-un l'ouvrit. C'était bel et bien du riz.

— Merci, Grand-père ! Merci beaucoup.

Il se prosterna, le front jusqu'au sol.

— Je vais goûter de ton eau, dit le vieil homme.

Le lettré versa de l'eau dans un récipient et la remua avec une cuillère. Puis il en mit un peu dans sa bouche et garda un instant les yeux fermés. Jang-un ne comprenait

---

1. En Corée, pour marquer son respect, on se sert de ses deux mains pour offrir quelque chose.

pas ce qu'il faisait, mais l'homme paraissait si sérieux qu'il en était pétrifié de crainte. Au bout d'un long moment, le lettré offrit le bol au vieil homme qui but l'eau à petites gorgées.

« Pourquoi a-t-il touillé l'eau avant de la boire ? s'étonna Jang-un intérieurement. Et pourquoi l'a-t-il goûtée avant de la donner à son maître ? Les nobles sont vraiment des gens bizarres ! »

— Elle est délicieuse et très rafraîchissante ! décréta le vieil homme.

— Vous trouvez ?

Jang-un se sentit soulagé. Quelle catastrophe si le gentilhomme n'avait pas aimé cette eau qu'il avait payée quatre livres de riz !

Le vieil homme reposa le bol à côté de lui et se replongea dans la contemplation du paysage.

— Vous aimez regarder les champs, Grand-père ?

— Oui, beaucoup, et toi ?

— Moi aussi. Quand je les vois, tous mes soucis s'envolent et je me sens mieux.

— Vraiment ? Ma foi, tu as raison ! Je suis bien aise de voir que nous nous comprenons.

— Ça vous fait le même effet, Grand-père ? Vous avez donc des soucis ?

— Des soucis... oh, oui, j'en ai des montagnes. C'est pour cela que je viens me reposer ici de temps en temps. Et toi, quelles sont tes préoccupations ?

— J'en ai plein. Ma mère est morte, mon père est malade, et j'ai toujours faim...

— Hum ! Je suis sûr que le ciel te viendra en aide car tu es un garçon courageux et un fils dévoué.

— Le ciel m'a déjà aidé !

— Comment ?

— Vous m'avez donné du riz, c'est bien la preuve, non ? Ça fait un an que nous n'avons pas mangé un seul grain de riz chez nous !

— Je comprends. Eh bien, vois-tu, le ciel t'a trouvé si courageux qu'il m'a envoyé vers toi.

Et sur ces mots, le vieil homme partit d'un grand éclat de rire.

— Et vous, Grand-père, qu'est-ce qui vous tracasse ?

Pour toute réponse, le vieil homme sourit et tourna de nouveau la tête vers les champs. Il poussa un soupir. Après un long silence, il demanda tout à coup :

— Sais-tu lire et écrire ?

— Bien sûr que non !

— Aimerais-tu apprendre ?

— Moi ? Apprendre à lire ?

Le gentilhomme se tourna vers le lettré et lui demanda :

— Apporte-moi de quoi écrire.

Le lettré inclina la tête et s'en fut. Il revint quelques instants plus tard avec du papier et un pinceau. Il les posa à côté du vieil homme et se mit à frotter un bâtonnet sur une pierre à encre. Le vieil homme prit le pinceau et commença à écrire :

ㄱ ㅋ ㅇ ㄷ ㅌ ㄴ ㅂ ㅍ ㅁ ㅈ ㅊ ㅅ ㅎ ㄹ
ㅡ ㅣ ㅗ ㅏ ㅜ ㅓ ㅛ ㅑ ㅠ ㅕ

— Qu'est-ce que c'est ? demanda Jang-un, les yeux écarquillés.

— C'est un alphabet. Tu vois, si tu combines ce caractère ㄱ – ça s'appelle une consonne – avec celui-là ㅣ – qui s'appelle une voyelle –, ça fait 기, « ki » ! Avec ㅏ, ça devient 가, « ka ».

31

Le vieil homme continua ainsi à expliquer l'alphabet à Jang-un.

— Ils sont bizarres, ces caractères, s'étonna le garçon. Ce ne sont pas les mêmes que ceux qu'il y a au-dessus du portail de Maître Yun.

— Tu veux parler des caractères chinois, comme 立春大吉, ceux qu'on utilise pour attirer la bonne fortune sur une maison ? Eh bien, tu as raison. Ils sont très différents.

Le vieil homme s'esclaffa de nouveau.

— Regarde ! Le même caractère ㄱ plus ㅡ, ça donne 그, « keu ».

— Keu ! répéta Jang-un.

— Il te suffit de mémoriser le son de chaque caractère et de combiner les consonnes et les voyelles pour représenter les mots par écrit.

— Mais alors, ce n'est pas compliqué !

Le vieil homme eut un sourire de bonheur.

— Tu trouves ça facile ? Tu veux que je t'apprenne ?

— Oh oui, Grand-père ! Apprenez-moi !

Le vieil homme désigna la consonne ㄷ et la voyelle ㅣ.

— Ces deux-là font 디, « di ».

Puis il recommença avec la consonne ㅌ.

— Et ceux-là font 티, « ti ». Mais si tu utilises cette voyelle ㅗ, ça devient 도, « do », et 토, « to ».

— Do, to, répéta Jang-un.

Le vieil homme s'exerça à de multiples combinaisons. Chaque fois, il lisait à haute voix :

— 해, « hae » ; 소, « so ».

— Hae, so, c'est drôle !

— Puisque ça te plaît, tu peux emporter cette feuille de papier chez toi. Mémorise tout et reviens me voir demain. Je te donnerai encore quatre livres de riz.

2 | Jouer avec les lettres

— Vous êtes sûr ? Dans ce cas, vous pouvez compter sur moi !

Jang-un roula soigneusement la feuille et la fourra dans sa veste. Puis il prit le sac de riz et s'en retourna chez lui. Il était si heureux qu'il avait l'impression que ses pieds ne touchaient pas terre.

— Il te l'a donné pour de bon ? demanda Deok en entrant dans la chambre de son père avec le sac de riz. Je n'en reviens pas ! Regardez ce que nous rapporte Jang-un, Père !

— Je ne sais pas qui est cet homme, mais nous devons lui être reconnaissants, répondit le père.

Assis contre le mur, il prit une poignée de riz et laissa les grains s'écouler entre ses doigts. Un sourire d'enfant illumina son visage décharné.

— Tu sais, il est très beau, ce grand-père, confia Jang-un, tout excité, à sa sœur. Quand il sourit, il a un air si bienveillant qu'on dirait un être céleste. Nous nous entendons très bien, tous les deux.

Tout en écoutant les bavardages de son frère, Deok lava du riz et le mit à cuire dans une marmite. Jang-un déroula sa feuille de papier.

— Regarde ! Il m'a expliqué que ce sont des lettres qui servent à écrire.

— Des lettres ?

— Il m'a appris comment les utiliser. Tu vois, si tu combines cette consonne ㄱ et cette voyelle ㅏ, ça fait 가, « ga ». Et ㄱ avec ㅗ, ça donne 고, « go ».

C'est ainsi que Jang-un mémorisa l'alphabet.

— Si j'apprends tout par cœur, le grand-père m'a promis un autre sac de riz.

— Vraiment ? Mais qui donc est cet homme ?

33

— Il doit être très riche pour pouvoir me donner autant de riz. Mais il m'a dit qu'il avait aussi beaucoup de soucis.

— Il est noble et riche, et malgré tout, il a des soucis ?

— Oui, moi aussi, ça m'étonne.

De la marmite se dégageait une odeur appétissante. Ce soir-là, toute la famille savoura avec délices le riz accompagné d'aubergines et de pâte de soja fermenté. Cela faisait si longtemps qu'ils n'en avaient pas mangé qu'il leur sembla avoir un goût de miel.

Par la suite, Jang-un se rendit au pavillon chaque jour. Il lui plaisait d'écrire et de lire avec le vieil homme. Il fut bientôt capable de représenter par écrit presque tous les sons. Le vieux gentilhomme lui apprit alors à écrire des noms d'objets.

Dans la cour de sa maison, Jang-un s'amusait avec Deok à tracer des lettres sur le sol à l'aide d'un bâton. Partout où il allait, il écrivait tous les mots qui lui venaient à l'esprit : 산 « montagne », 아침 « matin », 누이 « grande sœur », 나무 « arbre », 바위 « rocher »...

— Je sais maintenant écrire tous les mots, Grand-père ! annonça-t-il un jour fièrement. Vous vous rendez compte ?

— Tu vois, je t'avais dit que c'était possible.

— Il y a longtemps, mon père a acheté une rizière. Mais comme il ne savait pas lire, il l'a perdue l'année suivante. Tout ça parce que ce qu'il avait signé n'était pas un acte de vente mais un contrat de location.

— Il est vrai qu'on risque souvent d'être victime de ce genre de malhonnêteté quand on ne sait pas lire. En plus, c'est très gênant dans la vie de tous les jours. J'en ai parfaitement conscience.

— Qui d'autre connaît cet alphabet, à part vous et moi ?

— Bientôt, tout le monde l'apprendra.
— Comment ça ?
— Tu l'enseigneras aux autres, répondit le gentilhomme avec un sourire.
— Moi ? Vous plaisantez ?
— Pourquoi ? Tu ne veux pas leur apprendre ce que tu sais ?

Jang-un se gratta la tête avec un gloussement gêné.

Le vieil homme hocha la tête.

Jang-un était aussi heureux d'étudier l'alphabet que de se trouver en compagnie du grand-père. Mais un jour, le vieil homme ne vint pas au pavillon. Le garçon ressentit un grand vide. Il l'attendit longtemps, puis finalement se résigna à repartir, non sans lui avoir laissé un message dans la poussière du sol :

할아버지, 장운이 기다렸습니다.

(Jang-un vous a attendu, Grand-père.)

Il avait pris soin de graver les caractères assez profondément afin qu'ils ne s'effacent pas au premier coup de vent. Il avait eu alors l'impression de partager un secret avec le vieil homme.

Le lendemain, quand il arriva au pavillon, il vérifia tout d'abord que le message qu'il avait laissé la veille était toujours là. Une autre phrase y avait été ajoutée :

어제는 중요한 일이 있어서 못 왔느니라.

(J'ai été retenu, hier, par une affaire importante.)

Jang-un jeta un coup d'œil vers le pavillon et bondit de joie. Il grimpa les marches quatre à quatre. Le grand-père l'accueillit avec un sourire radieux.

— Si j'ai bien compris, tu es venu hier, dit-il en désignant du menton le message de Jang-un par terre.

— Et vous, vous avez eu un empêchement !

Le vieux gentilhomme apportait toujours avec lui un sac de riz, mais un jour, il offrit au garçon un pinceau, du papier et une pierre à encre avec des bâtonnets.

— Tout ça pour moi ?

— Ils sont à toi, maintenant.

— Merci, Grand-père ! s'exclama Jang-un en se prosternant.

— Ça te fait vraiment plaisir ?

— Oh oui, Grand-père !

— Écris tout ce qui te passe par la tête et apporte-le-moi demain.

— Je vous le promets !

Jang-un serra le pinceau et la pierre à encre contre son cœur. Il était si ému qu'il ne savait plus quoi dire.

— Attention, tu vas les faire tomber ! Tu devrais envelopper tout ça dans un carré de tissu.

De retour chez lui, Jang-un, aidé de Deok, broya un bâton d'encre sur la pierre mouillée d'un peu d'eau. À force de frotter, comme il avait vu le lettré le faire, l'eau devint toute noire. Pour la première fois de sa vie, il trempa un pinceau dans de l'encre. S'efforçant d'imiter les gestes du vieux gentilhomme, il commença à écrire.

Le lendemain, le vieil homme examina l'œuvre de Jang-un. Un rire de contentement secoua ses épaules. Il lut à voix haute :

누이 얼굴은 보름달처럼 곱습니다. 나는 누이가 세상에서 가장 좋습니다.

(Le visage de ma grande sœur est aussi radieux que la pleine lune. J'aime ma sœur plus que tout au monde.)

— Ta sœur est-elle aussi ravissante que tu le dis ?

— Bien sûr ! Elle est très belle. Et maintenant, elle aussi sait lire et écrire. Je lui ai appris.

— Cela a-t-il été aussi facile pour elle que pour toi ?
— Oui, nous jouons à écrire par terre dans la cour. Au fait, elle aussi trouve étrange qu'un riche gentilhomme comme vous ait des soucis.
— Ta sœur et toi venez de m'aider à me libérer de l'une de mes plus grosses préoccupations.
— Qu'est-ce que vous voulez dire ?

Le vieil homme ne répondit pas. Mais bientôt, son sourire s'effaça. Il s'absorba dans ses pensées, le regard perdu dans le lointain. Intrigué, Jang-un le vit pousser un long soupir.

« Pourquoi soupire-t-il tout le temps ? » se demanda le garçon.

Il le trouvait triste, il ne savait pourquoi.

匚

CHAPITRE 3

Grande Sœur

Jang-un allait déposer sa hotte dans la remise lorsque le vieil herboriste entra dans la cour, les mains derrière le dos.

Le père du garçon avait eu beau revendre la rizière, qui constituait toute sa fortune, pour pouvoir soigner sa femme malade, l'argent récupéré avait été insuffisant et il avait dû s'endetter auprès de l'herboriste. Le petit homme continuait donc de passer de temps à autre pour réclamer son dû. Il lançait un regard noir au père toujours alité puis s'en retournait.

— Il est encore venu voir si le père était parti au travail, marmonna Jang-un pour lui-même.

Le vieillard plissa les paupières, caressa sa maigre barbiche et toussota. Faisant mine de rien, Jang-un le salua d'une inclinaison de la tête. Sans répondre à son salut, le bonhomme alla droit au but :

— Ton père est là ?

Avant même que le garçon ait répondu, l'homme entra dans la chambre. Derrière lui, Jang-un esquissa une grimace de mécontentement puis gagna la remise.

Le vieil herboriste n'était pas médecin. Mais il avait travaillé dans sa jeunesse chez un médecin où il était chargé de préparer les plantes médicinales. C'était ainsi qu'il avait appris à mesurer le pouls et à prescrire des remèdes. Il s'était ensuite installé à son compte et, la rumeur aidant, s'était constitué une importante clientèle.

Le père de Jang-un avait dû lui faire nombre de courbettes pour obtenir de lui quelques remèdes afin de soigner sa femme. Jang-un avait encore des doutes quant à l'efficacité des traitements qu'on avait administrés à sa mère, car pour finir elle était morte. Malgré tout, le vieil herboriste ne cessait de harceler son père pour se faire payer. Aussi Jang-un n'était-il jamais très heureux de le voir.

En sortant de la remise, il s'arrêta net. Deok se tenait devant la porte de la chambre, l'air complètement désemparé. Il entendit son père, à l'intérieur, supplier le vieillard :

— Je vous en prie, ne faites pas ça !

— As-tu oublié tout ce que je t'ai procuré à crédit pour ta femme ?

— Je vous en suis reconnaissant, mais, s'il vous plaît, pas elle !

— Je ne peux plus attendre. D'ailleurs, ce sera mieux pour Deok. Comment comptes-tu nourrir tes enfants, alors que tu es toujours malade ? Et je ne parle même pas de la dette que tu as envers moi !

— Ayez pitié d'une pauvre orpheline !

— Là-bas, au moins, elle mangera à sa faim. Comme ça, tu auras une bouche de moins à nourrir et tu pourras me rembourser. Et plus tard, quand elle sera en âge de se marier, ils lui trouveront un époux.

La porte s'ouvrit brusquement. Le vieillard allait sortir, mais le père se releva d'un bond et l'agrippa par une jambe.

3 | Grande Sœur

— Je vous en supplie ! Elle est encore si jeune ! Je ne peux pas l'envoyer travailler comme domestique.

— Elle a quatorze ans, ce n'est pas si jeune que ça ! De toute façon, tu viens bien d'une famille de domestiques, non ?

Anéanti par ces dernières paroles, le père s'affala sur le seuil. Tout tremblant de rage, Jang-un serra les poings. Il fit un pas en avant, mais Deok se précipita pour le retenir. Il ne put que décocher un regard noir au vieil herboriste.

Le grand-père de Jang-un avait été esclave dans une maison noble où il était chargé des divers petits travaux d'entretien des bâtiments. Un jour, le feu avait pris dans le pavillon des invités et le grand-père s'était jeté dans les flammes pour sauver le fils cadet de son maître. Il avait été gravement brûlé et avait fini par succomber à ses blessures. Le père de Jang-un avait dix-huit ans à l'époque. Il avait déjà perdu sa mère tout jeune, son père était sa seule famille.

Par reconnaissance, le maître affranchit le père de Jang-un, lui donna un peu d'argent et l'autorisa à partir en compagnie d'une servante nommée Keumkeum avec laquelle il était très lié. Devenu libre, le jeune homme épousa la jeune fille, et ils eurent deux enfants.

Le couple s'installa dans un village où il acheta une rizière et un champ. Mais profitant qu'ils étaient illettrés, on leur reprit leurs terres dès l'année suivante.

— Vous voyez bien ce qui est écrit, avait dit le vendeur. Ce contrat vous donnait la terre en location pour un an. Maintenant, il vous faut me la rendre.

Keumkeum eut beau pleurer et supplier, rien n'y fit. Ruiné, le couple quitta sa maison et erra quelque temps avant de venir s'installer dans le village de Deulmal. Le jeune homme se mit à travailler comme tailleur de pierre et sa femme comme journalière dans les champs des riches paysans. Ils arrivaient tant bien que mal à survivre. Mais bientôt le bruit courut qu'ils avaient été esclaves et les villageois commencèrent à les regarder de haut.

Depuis la mort de sa femme, le père de Jang-un éprouvait de profonds regrets à la pensée que son épouse n'avait connu toute sa vie que la souffrance. Et, pour comble de malheur, c'était sa fille à présent qui était obligée d'aller travailler comme domestique. Cette pensée l'accablait.

— C'est pour ton bien que j'ai cherché de bons maîtres pour ta fille, dit l'herboriste en se dégageant brusquement, mais si on te voit pleurnicher, on va me prendre pour un mauvais homme.

Le père de Jang-un tomba à la renverse.

— Père ! s'écria Deok, affolée.

Elle se précipita pour le relever. Malgré la rage qui bouillonnait en lui, Jang-un s'agenouilla devant le vieil herboriste.

— S'il vous plaît ! Je vous rembourserai quand je serai grand, je vous le promets. Mais ne prenez pas...

L'herboriste toussota et détourna la tête sans mot dire.

En pleurs, Jang-un toucha du front les pieds du vieillard.

— Je vous en prie !

— Prépare-toi ! dit l'herboriste à Deok. Quelqu'un viendra te chercher dans trois jours. Ton futur maître me paiera votre dette et te donnera un peu de nourriture pour ton père et ton frère. Tu ne pourrais pas espérer mieux.

Deok baissa la tête en silence.

Une fois le vieil homme reparti, le père donna libre cours à sa douleur. Il martela du poing le sol de la chambre. Les yeux remplis de larmes, Deok s'enfuit dans la cuisine. Quant à Jang-un, il s'enferma dans la remise pour pleurer tout son saoul.

Quelques instants plus tard, Deok, les yeux rougis, regagna la chambre et se mit à retirer la literie pour la laver. Puis elle dit à Jang-un et à son père de changer leurs vêtements. Ils obéirent en ravalant leurs larmes.

Suivie de son frère, Deok emporta sa lessive au ruisseau. Elle s'installa au bord de l'eau et commença à battre le linge. Jang-un la regarda faire pendant un long moment avant de lui prendre le battoir des mains pour continuer à sa place. Puis il rinça, et on n'entendit plus que le clapotement de l'eau. Le frère et la sœur saisirent ensuite chacun une extrémité d'un drap mouillé et le tordirent pour l'essorer.

— Il faut vraiment que tu partes, Grande Sœur ? demanda Jang-un.

— C'est le seul moyen de rembourser nos dettes.

— Où est-ce que tu vas ? Loin d'ici ?

— Je ne sais pas.

— Tu pourras venir nous voir de temps en temps ?

Deok frappa l'eau de son battoir sans répondre.

— Maman disait que tout le monde rencontre des épreuves, au moins une fois dans sa vie, dit-elle enfin. Si on arrive à les surmonter, on connaît ensuite le bonheur. Ce moment est arrivé. Tâchons d'y faire face avec courage.

Jang-un s'accroupit à côté de sa sœur aînée. Elle lui entoura les épaules de son bras.

— Essayons, tu veux bien ? répéta Deok.

Jang-un hocha la tête à contrecœur.

— Tu dois prendre soin de notre père, continua Deok.

Il ne répondit pas.

— Je peux compter sur toi ?

Il opina de la tête et demanda :

— On ne va pas te battre, hein ?

— J'espère bien que non !

— Si on te bat, tu te sauves, promis ?

Deok garda le silence.

— Quand je serai grand, je gagnerai de l'argent et je viendrai te chercher.

Les yeux de Deok se mouillèrent de larmes.

— Grande Sœur ! s'écria Jang-un en éclatant à son tour en sanglots.

Deok enfouit son visage dans sa jupe.

Lorsqu'ils rentrèrent à la maison, leur père était assis sur le *maru*.

— Ma pauvre fille !...

— Ne vous inquiétez pas, Père. Ce n'est qu'une affaire de quelques années. Jang-un s'occupera bien de vous.

— C'est ma faute, je suis un mauvais père...

Et, incapable d'achever sa phrase, il prit les mains de Deok dans les siennes.

Au cours des trois jours suivants, Deok s'affaira sans relâche. Elle ne sortit de la maison qu'une fois pour se rendre sur la tombe de sa mère. Elle raccommodait, rangeait, nettoyait, faisait tout son possible pour laisser la maison en ordre. Jang-un n'avait pas le cœur de l'abandonner pour aller couper du bois. Toute la journée, il tournicotait autour d'elle, s'évertuant à l'aider – il balayait la cour, mettait la lessive à sécher sur un fil... Sa sœur lui apprit à faire la cuisine – à préparer la bouillie d'orge, à faire macérer les légumes...

Chaque soir, Obok venait leur rendre visite. Il restait un moment assis sur le *maru*, trop abattu pour prononcer un mot, puis repartait. Deok gardait, elle aussi, le silence.

Au bout des trois jours, une femme et un homme vinrent chercher Deok.

— Ne soyez pas triste, dit la femme au père de Jang-un à travers la porte de la chambre. On ne la tuera pas à la tâche, ajouta-t-elle pour le rassurer. Je travaille moi-même dans cette famille et je peux vous dire que les maîtres sont généreux.

Le père resta dans la chambre à sangloter. Deok s'inclina devant la porte puis suivit la femme. Jang-un les accompagna jusqu'au carrefour à l'entrée du village. Obok les rejoignit.

— Rentre, Jang-un, ordonna Deok. Ne laisse pas le père tout seul.

Le garçon enlaça sa sœur en hoquetant. Gênée, la femme détourna la tête. L'homme les sépara de force et fit signe à sa compagne de se remettre en route. Deok, que la femme tirait par la main, se retourna et dit :

— Je compte sur toi, Jang-un !

— Au revoir, Grande Sœur !

— Et toi, Obok…

— Tu peux partir tranquille, répondit celui-ci, d'une voix qu'il s'efforça de rendre ferme. Prends soin de ta santé.

Jang-un pleurait bruyamment. Deok jeta un dernier regard par-dessus son épaule, puis les trois silhouettes disparurent au détour du chemin. Sentant ses forces l'abandonner, Jang-un s'affaissa par terre.

Lorsqu'il se fut à peu près calmé, Obok l'aida à se relever.

— Rentrons ! dit-il, les yeux rougis et tout gonflés.

— Quand je serai grand, je gagnerai de l'argent et j'irai chercher ma sœur, répéta Jang-un, en serrant les dents.

— C'est moi qui irai la chercher, répliqua Obok d'un air décidé. Je suis plus grand que toi.

— Merci, Grand Frère.

Obok essuya ses larmes et posa la main sur l'épaule de Jang-un qui s'était remis en marche d'un pas traînant.

À la maison, le père était accroupi dans un coin de la chambre, la tête entre les mains. Jang-un entra dans la cuisine. Un sac de céréales était posé à côté d'un fagot. C'était le prix qui avait été payé pour pouvoir emmener Deok. Le cœur serré, Jang-un détourna le regard. Il retira le tissu qui recouvrait la table basse près de la marmite. En découvrant les deux bols de riz, la pâte de soja fermenté et les légumes macérés, il se mordit les lèvres pour s'empêcher de pleurer.

Jang-un alla se cloîtrer dans la remise. Excepté pour accompagner son père aux latrines, il ne mit pas le nez dehors de toute la journée et resta accroupi sur une natte de paille, sans manger. Soudain, il entendit une voix inconnue :

— Je suis bien chez Jang-un ?

La nuit avait commencé à tomber.

— Qui êtes-vous ? demanda Jang-un en sortant de la remise.

Un homme de grande taille, une hotte sur le dos, fouillait la cour du regard.

— C'est toi, Jang-un ?

— Oui, pourquoi ?

Avec son bâton, l'homme cala sa hotte debout sur le sol. Puis il prit le grand sac de paille qu'il transportait et alla le déposer dans la cuisine.

— Qu'est-ce que c'est ?
— À mon avis, c'est du riz.
— Quoi ? Quel riz ?
— Je ne sais pas. On a juste demandé à mon maître de le faire livrer chez Jang-un.
— Mais qui donc ?
— Je l'ignore. Je ne fais qu'obéir aux ordres.

L'homme reprit sa hotte vide et s'en alla. Jang-un ouvrit un coin du sac. Oui, c'était bien du riz !

« Qui m'a envoyé ça ? » se demanda-t-il.

Dans la chambre, son père poussa un gémissement plaintif. Jang-un se précipita et le secoua par les épaules.

— Père, réveillez-vous !

Le père entrouvrit les yeux. Il sembla vouloir dire quelque chose, mais aucun mot ne sortit de ses lèvres. Son regard était flou. Épuisé, il referma les paupières. Jang-un était effrayé.

« Pourvu qu'il ne meure pas ! Non, je suis bête ! C'est juste qu'il est très faible parce qu'il a trop pleuré et qu'il ne mange pas assez. »

Il se mit donc à préparer de la bouillie de riz. Lorsqu'il l'apporta dans la chambre, son père tourna la tête vers le mur pour éviter son regard. Il respirait péniblement. Il était affreusement amaigri, les os de ses pommettes saillaient sous la peau de ses joues creuses. Jang-un l'aida à se redresser et lui mit une cuillerée de bouillie dans la bouche. Son père déglutit avec difficulté. Lorsqu'il eut fini de manger, Jang-un le recoucha puis quitta la chambre en s'efforçant de retenir ses pleurs.

Jetant un coup d'œil sur le sac de riz dans la cuisine, il s'interrogea de nouveau :

« Qui me l'a envoyé ? On s'est peut-être trompé... Ou alors, ce sont les maîtres de ma grande sœur... Ils se sont dit qu'un petit sac de céréales n'était pas suffisant. »

La nuit envahissait le village. Obok, qui venait d'arriver, massa longuement les jambes du père puis repartit. Toute la nuit, Jang-un se tourna et se retourna sur sa couche, sans trouver le sommeil.

Le lendemain, il resta auprès de son père toute la journée. Ce n'est que deux jours plus tard que celui-ci commença à recouvrer quelques forces. Jang-un poussa un gros soupir de soulagement.

ㄹ

CHAPITRE 4

La dernière lettre

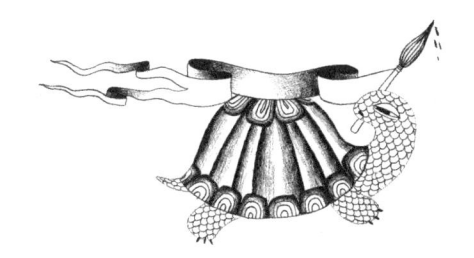

Un matin de bonne heure, Jang-un regardait au loin le village encore plongé dans la pénombre. Sa sœur était partie, mais le monde continuait de tourner. Rien n'avait changé. Comme tous les autres jours, l'aube se levait tout doucement. Jang-un se hâta de préparer un repas pour son père et lui.

— Je vais aller dans la montagne, dit-il.

Pour toute réponse, le père hocha la tête. Jang-un prit sa hotte dans la remise et se mit en route. Cela faisait un moment qu'il n'avait pas livré de fagots chez Maître Yun. Il grimpa tout en haut d'un grand rocher, mit ses mains en porte-voix et cria à tue-tête :

— Grande Sœur !

Il essuya ses larmes avec ses poings.

Il ne vit pas le grand-père dans le pavillon. Par contre, il découvrit un message tracé sur le sol au bas des marches. Il devait dater de plusieurs jours car la poussière l'avait déjà presque recouvert.

왜 아니오는고? 기다리다 가노라.

(Pourquoi ne viens-tu plus ? Je t'ai attendu.)

Jang-un monta dans le pavillon. Le plancher disparaissait sous la poussière. Il attendit longtemps, mais le vieux gentilhomme ne vint pas. Alors, Jang-un se mit à écrire. Des caractères naquirent sous ses doigts :

누이야, 꼭 데리러 갈게.
할아버지, 왜 아니 오십니까?

(Je viendrai te chercher, Grande Sœur, je te le promets.)

(Je vous attends, Grand-père.)

Une boule d'émotion lui noua la gorge. Il fondit en larmes.

Après avoir passé un long moment à pleurer, il aperçut un morceau de papier coincé sous une pierre dans un coin du pavillon. Il se précipita pour le lire :

장운아, 내가 이제 못 오겠구나.

(Cher Jang-un, Je ne peux plus venir.)

Accablé de chagrin, Jang-un se laissa tomber sur le sol. Puis il lut la suite :

그동안 네가 떠다 준 물 잘 마셨다. 네 덕에 아주 즐거웠느니라. 훗날에 꼭 다시 만나자. 그때까지 아버지 잘 모시고 씩씩하게 살아라. 글자도 잊지 말고 유익하게 쓰려무나. 쌀 한 가마 오거든 내가 하늘 심부름 한 줄 알고.

(Je te remercie de m'avoir apporté ton eau de source. J'ai passé des moments agréables en ta compagnie. Je suis sûr que nous nous retrouverons un jour. Jusque-là, prends bien soin de ton père et garde courage. N'oublie pas de t'exercer à écrire et utilise l'alphabet que je t'ai enseigné à bon escient. Quand tu recevras un sac de riz, sache que c'est moi qui te l'ai envoyé, à la demande du ciel.)

— Alors, c'était lui, le riz ! murmura Jang-un.

Il serra la lettre contre son cœur. Il ressentit un grand vide. Après sa grande sœur, c'était au tour du grand-père de le quitter. Il avait l'impression d'être abandonné.

Il coupa du bois et redescendit au village. Son fardeau lui parut très pesant, mais il faut dire qu'il n'avait pas mangé grand-chose depuis le départ de sa sœur.

Alors qu'il avançait d'un pas lourd sur le chemin, il faillit marcher sur une crotte de chien. Il ne l'évita que de justesse. Ouf ! Il avait eu de la chance, car autrement il aurait eu un mal fou à nettoyer ses chaussures de paille. Il fixa la crotte d'un regard noir. Mais, tout compte fait, elle tombait bien. Il avait justement besoin de se défouler. Il brandit son bâton et allait l'abattre sur la crotte, lorsqu'une idée le retint.

— Oui, c'est ça !

Il recouvrit l'excrément de terre et étala de l'herbe par-dessus. Puis il enveloppa le tout dans des feuilles de soja qu'il cueillit au bord du champ et se dirigea vers la maison du vieil herboriste qui vivait seul avec sa petite-fille Nan. Du portail, il jeta un coup d'œil dans la cour. Personne ! Jang-un entra sans faire de bruit. Personne non plus dans la cuisine. Il lança la crotte sur le *maru*. Plof ! Le bruit le fit sursauter. Les feuilles de soja, la terre et la crotte s'éparpillèrent sur le plancher. Jang-un ressortit à toute vitesse. Heureusement, il ne rencontra personne dans sa fuite. Sa colère s'apaisa un peu.

Il livra son bois chez Maître Yun et regagna sa maison. Son père l'attendait, assis sur le *maru*. Jang-un avait très faim. Il mit à cuire une grande quantité de riz. Comme il contemplait les flammes du foyer, une nouvelle résolution germa dans son cœur. Du coup, il décida de préparer un bon repas – riz, soupe de pâte de soja et légumes.

— Ne vous faites pas de souci, Père. Je ramènerai bientôt ma sœur à la maison.

— Ce serait à moi, en tant que père, de le faire. Je regrette tellement !

— N'y pensez plus et mangez ! Il faut que vous guérissiez pour que ma sœur cesse de s'inquiéter.

Jang-un poussa le pot de soupe vers son père.

— Tu as raison. Je dois reprendre des forces pour que tu n'aies plus besoin de travailler aussi dur.

Jang-un dévora son repas avec appétit.

Quelques jours plus tard, alors qu'il se rendait chez Maître Yun, Jang-un vit au loin le vieil herboriste avancer dans sa direction, les mains derrière le dos. Arrivé à sa hauteur, le vieil homme lui lança un regard furibond. Ses mains tremblaient de colère. Jang-un eut un frisson de peur, mais réussit à saluer le vieillard avec un calme feint.

La veille, Jang-un était encore allé chez lui et avait jeté une pierre sur les jarres de sauce. Il faut croire que la crotte ne lui avait pas suffi pour apaiser sa rage ! Il éprouvait bien quelques remords en pensant à son amie Nan, mais il n'avait pas trouvé mieux pour se venger du vieil homme.

L'herboriste brandit sa longue pipe, mais laissa retomber son bras avec un soupir. Il fixa sur le garçon un regard assassin, toussota et poursuivit son chemin.

Jang-un se réjouit intérieurement.

« Vieillard cupide ! Tu as été incapable de guérir ma mère, et non seulement tu veux nous faire payer, mais tu as tellement peur de ne pas revoir ton argent que tu as vendu ma sœur ! Sois maudit ! »

Comme toutes les fois où il pensait à lui, Jang-un sentit une fureur noire l'envahir.

Chaque fois qu'il traversait le ruisseau pour se rendre chez Maître Yun, Jang-un pensait à sa mère et à sa sœur. Pendant que sa mère faisait la lessive, Deok et lui s'amusaient à s'éclabousser et à ramasser des escargots d'eau douce.

— Attention, Jang-un ! prévenait sa sœur avant de l'asperger.

— Arrêtez, les enfants ! disait la mère. Vous allez troubler l'eau.

Les voix de sa mère et de sa sœur résonnaient encore à ses oreilles.

Ce jour-là, en rentrant de chez Maître Yun, il déposa sa hotte vide au bord du ruisseau et s'assit sur la pierre où sa sœur s'agenouillait d'habitude pour laver le linge. Il frappa l'eau de son bâton... et vit le vieil herboriste de l'autre côté du cours d'eau.

Jang-un se releva aussitôt, prit sa hotte et se remit en route. Mais à peine avait-il fait quelques pas qu'il entendit un cri. Il se retourna. Le vieillard, qui avait dû trébucher sur une pierre du gué, était affalé au milieu du ruisseau. Machinalement, Jang-un voulut se précipiter pour l'aider à se remettre debout, mais se ravisa à la dernière seconde et continua son chemin.

— Petit vaurien ! hurla l'herboriste. Reviens immédiatement !

Jang-un s'arrêta. Tout dégoulinant d'eau, le vieil homme se releva, s'approcha en clopinant et frappa Jang-un de toutes ses forces avec sa canne.

— Tu l'as fait exprès ? cria-t-il. C'est toi qui as déplacé la pierre pour que je tombe ! Réponds, maudit brigand !

Et, sans pitié, il fit tomber une pluie de coups sur le garçon.

— Tu m'as cassé une jarre, avoue-le ! Et jeté des crottes sur mon *maru* ! Ne nie pas, je sais tout !

Il cognait férocement, comme pour expulser sa rage. Jang-un demeurait immobile, sans même tenter d'esquiver les coups.

Curieusement, la douleur soulageait son exaspération. Il pleurait à gros sanglots. Tant et si bien que le vieillard prit peur et s'arrêta de le battre. Mais Jang-un brailla de plus belle, au point qu'il manqua de s'étouffer.

— Écoute, mon garçon, j'ai fait tout mon possible pour tes parents. Je ne suis pas ton ennemi.

Jang-un fit mine de ne pas l'avoir entendu et hurla encore plus fort. Il se laissa tomber par terre. Gêné, le vieil herboriste toussota, puis voyant que Jang-un n'avait pas l'air de vouloir s'arrêter, il s'en alla.

Jang-un mit longtemps pour évacuer sa colère et son chagrin. Enfin, il sentit un nœud se défaire dans sa poitrine.

Indifférente à sa tristesse, la montagne changeait de couleur de jour en jour.

Après avoir assemblé un fagot, Jang-un se dirigea vers le pavillon. Il ne trouva aucune trace du grand-père. Ni sur le plancher du pavillon ni sur le sol en dessous.

« Il ne reviendra plus ! » se lamenta-t-il en lui-même.

Il sortit de sa veste la dernière lettre du gentilhomme pour la relire. Sa peine s'estompa légèrement. Alors, il traça des lettres dans la poussière avec ses doigts. Le visage de sa sœur et celui du grand-père dansaient dans son esprit.

CHAPITRE 5

Premières sculptures

Assis au bord du ruisseau, Jang-un songeait à sa mère et à sa sœur. Soudain, il remarqua un galet qui lui rappela les mains rugueuses de son père. Jang-un le ramassa et l'examina soigneusement. Le caillou ressemblait à une tortue. Il se souvint alors de la tortue de pierre au bord du bassin dans le jardin de Maître Yun. Il rapporta le galet chez lui et le posa sur le *maru*. Comme il le contemplait depuis un long moment, son père l'interrogea :

— Qu'est-ce que tu regardes comme ça ? Ce n'est qu'une pierre.

— Elle me fait penser à une tortue, pas vous ?

— Si c'est une tortue, elle a rentré son cou et ses pattes dans sa carapace.

— Non, je les vois ! répondit Jang-un d'une voix enjouée.

— Tes yeux seraient donc capables de percevoir ce qui se trouve à l'intérieur ?

Sur ce, le père gagna péniblement la remise pour y tresser des cordes de paille. Jang-un le regarda avec inquiétude marcher d'un pas chancelant.

Après avoir passé un chiffon mouillé sur le sol de la chambre et sur le *maru*, Jang-un rejoignit son père dans la remise. Ce dernier, assis près de la porte, humidifiait des brins de paille. Il en fixait l'extrémité sur la natte et les tressait de sa main valide. Ce qu'il produisait ne ressemblait que de loin à une corde, mais ça ne l'empêchait pas de travailler avec ardeur. Dans un coin de la remise, ses anciens outils pour travailler la pierre étaient rangés dans un sac de paille. Quelques-uns traînaient par terre.

« Est-ce qu'il s'en resservira un jour ? » se demanda Jang-un.

Chaque fois qu'il les voyait, il se sentait triste. Ces outils, son père les avait considérés comme faisant presque partie de lui-même, et pourtant, c'était l'un d'eux qui lui avait brisé le poignet. Jang-un s'empara de la massette dont le manche était poli par l'usage.

— Apprenez-moi à tailler la pierre, Père.
— Qu'est-ce que tu dis ?
— J'aimerais apprendre à travailler la pierre, répondit Jang-un en agitant la massette d'un air joyeux.

Le père dévisagea son fils un instant. Jang-un sortit dans la cour, repéra une pierre enfoncée dans le sol, y posa verticalement la lame d'un ciseau et se mit à taper dessus à coups de massette. Le ciseau glissa. Jang-un recommença, en tapant cette fois un peu plus fort. Un éclat de pierre s'envola.

— Tu as réussi ! le félicita son père derrière lui.

Jang-un se gratta le crâne puis s'esclaffa.

— Remets le ciseau en place, conseilla le père avec sérieux.

Cessant aussitôt de rire, Jang-un obéit. Sa main rugueuse posée sur celle de son fils, le père corrigea l'inclinaison du ciseau.

Par la suite, Jang-un saisit toutes les occasions pour s'exercer à manier le ciseau et la massette. Son père lui appris comment positionner le ciseau et comment contrôler la force appliquée à la massette.

Un matin, le père de Jang-un, en voulant se lever, tomba à la renverse et poussa un cri de douleur.
— Que vous est-il arrivé, Père ? demanda son fils.
— Aïe, mon dos ! J'ai mal !
Jang-un aida son père à se recoucher.
Plusieurs jours passèrent sans que l'état de son père ne s'améliorât.
« Et moi qui croyais qu'il commençait tout doucement à se rétablir, songea Jang-un. Quelle malchance ! »
Il craignait que la santé de son père ne s'aggravât encore, alors qu'il était seul désormais pour s'en occuper. Après avoir hésité quelque temps, il se résolut à aller trouver le vieil herboriste.
Indécis, n'osant pas entrer, il resta planté devant le portail.
— Jang-un ! appela la voix de Nan derrière son dos.
Il se retourna en redressant les épaules. Un panier de linge dans les bras, Nan l'observait.
Petits, Jang-un et Nan avaient souvent joué ensemble au bord du ruisseau. En grandissant, ils s'étaient éloignés l'un de l'autre, surtout depuis le départ de Deok dont Jang-un tenait le grand-père de Nan pour responsable. Quand il arrivait à Jang-un de la croiser, il se contentait de donner un coup de pied dans un caillou puis passait rapidement son chemin. Nan n'osait pas lui adresser la parole. Lorsque, quelques jours plus tôt, Jang-un avait pris ses jambes à son cou après avoir cassé une de ses jarres, Nan s'était lancée à la poursuite du coupable avant de s'apercevoir de qui il s'agissait. Elle avait alors renoncé à courir

après lui. Depuis, chaque fois qu'il la voyait, Jang-un, pris de remords, ne savait quelle attitude adopter.

Comme Jang-un n'arrivait pas à prononcer un mot, Nan prit la parole :

— Tu viens voir mon grand-père ?
— Euh...
— Ton père est malade ?
— Oui, c'est ça.
— Entre ! Mon grand-père est dans la chambre.

Quelque peu soulagé par cet échange, Jang-un suivit Nan dans la maison. La fillette appela son grand-père. Le vieil herboriste toisa Jang-un puis détourna la tête en toussotant.

— Que viens-tu faire ici ? demanda-t-il d'un ton bourru. C'est moi que tu voulais voir ?

Le vieillard se racla la gorge et s'assit sur le *maru*, le dos à demi tourné au garçon. Il mit sa pipe entre ses lèvres.

— Euh... mon père s'est fait mal au dos, commença Jang-un.

Le vieil homme se retourna pour lui faire face.

— Depuis quand ?
— Ça fait trois jours.

Le bonhomme l'interrogea sur les symptômes puis pivota de nouveau sur lui-même.

— Tu as de quoi payer mes remèdes ?

« Tout ce qui l'intéresse, c'est l'argent ! s'indigna intérieurement le garçon. Si j'en avais, je n'aurais pas attendu aussi longtemps pour lui demander son aide. »

Cette dernière pensée, il fut tenté de la formuler tout haut, mais il la ravala en baissant la tête.

— Il paraît que tu coupes du bois pour Maître Yun, c'est vrai ?

— Oui.

— Dans ce cas, apporte-moi dix fagots. En échange, je te donnerai des remèdes pour ton père.

— Vous êtes sûr ?

— Hum hum ! toussota le vieil herboriste.

Il tapota sa pipe sur le bord du *maru* puis gagna la pièce où il conservait ses plantes médicinales.

« Heureusement qu'il ne me demande que du bois ! » se félicita Jang-un.

Il sentit sa haine contre le vieillard se dissiper quelque peu. Il s'assit sur le *maru*, une jambe pendant dans le vide. Nan s'était éclipsée. Jang-un tendit le cou vers la cuisine, l'oreille aux aguets. Il entendit des bruits affairés – Nan devait préparer quelque chose à manger. Il eut envie de la rejoindre, mais un reste de gêne le retint. Dans un coin de la cour, des poules caquetaient en picorant des graines.

« Ça prend si longtemps que ça pour préparer des remèdes ? » commençait à s'impatienter Jang-un.

Nan sortit enfin de la cuisine, un récipient à la main.

— Tiens, prends ! offrit-elle.

Elle lui présenta des ignames encore fumantes. Embarrassé, Jang-un détourna la tête et aperçut un vol de choucas. Nan lui tendit le récipient sous le nez.

— C'est ennuyeux que ton père soit malade, surtout maintenant que ta sœur n'est plus là, dit-elle.

— Tu n'as pas besoin de t'inquiéter pour moi, ce ne sont pas tes affaires, répliqua Jang-un d'un ton sec.

Mal à l'aise, Nan garda un moment le silence. Le garçon, envahi de honte, martelait le sol de ses pieds.

— Prends-en une ! insista Nan. Je les ai fait cuire pour toi.

Jang-un tendit la main pour repousser le récipient, mais, voyant l'expression déçue de Nan, il prit un tubercule tout chaud. Le visage de Nan s'illumina. L'igname sucrée était succulente.

— C'est bon, non ? demanda Nan. Au fait, la récolte de sorgho et de sésame a été très bonne cette année. Je vais t'en donner un peu.

Lorsque Jang-un eut mangé quatre ignames, le vieil herboriste émergea enfin de son antre. Il jeta un coup d'œil sur le récipient. Nan se précipita dans la cuisine et en revint avec quelques tubercules et un bol d'eau sur un plateau.

— Voici tes remèdes, dit le vieillard en tendant un paquet à Jang-un. Tu feras bouillir ces plantes un long moment à feu doux puis tu feras boire la décoction à ton père. Et n'oublie pas de m'apporter du bois !

— Merci infiniment ! Je vous livrerai vos fagots sans faute.

Jang-un prit le paquet et sortit. Mais à peine avait-il fait quelques pas que Nan le rappela.

— Emporte ça, dit-elle en lui donnant deux petits sacs de sorgho et de sésame.

Jang-un les accepta de mauvaise grâce. Il se faisait l'impression d'être un mendiant. Il sentit son visage devenir écarlate.

« Elle doit regretter ce que son grand-père a fait », se dit-il pour tenter de se justifier à ses propres yeux.

— Je sais que tu souffres beaucoup du départ de ta grande sœur, dit Nan après quelques instants d'hésitation. Je suis désolée pour toi.

Se sentant percé à jour, Jang-un rougit encore davantage. Il resta un instant indécis, puis finit par tourner les talons.

5 | Premières sculptures

Lorsqu'il arriva chez lui, son père se cramponnait à la porte de la chambre pour tenter de se lever. Jang-un se précipita pour l'aider et l'accompagna aux latrines. Il ne lâcha pas la main de son père une seconde, de peur que celui-ci ne tombe, et le ramena dans la chambre. Ensuite de quoi, il mit à mijoter les plantes médicinales du vieil herboriste dans un poêlon et attisa le feu dans le foyer.

Après ce jour, Jang-un ne donna plus de coups de pied dans les cailloux lorsqu'il lui arrivait de croiser Nan sur son chemin.

Parfois, quand il livrait son fagot chez le vieil herboriste, Nan lui glissait discrètement dans la main des gâteaux de farine de blé. N'empêche, il lui suffisait de penser à sa grande sœur pour sentir encore une colère irrésistible contre le vieil herboriste bouillonner en lui.

Jang-un retourna plusieurs fois au pavillon. Mais le vieux gentilhomme ne revint jamais. Installé à la place où le grand-père avait eu l'habitude de s'asseoir, Jang-un contemplait le paysage. Les champs déserts lui semblaient lugubres.

Le bassin dans le jardin de Maître Yun, alimenté par l'eau du ruisseau qui coulait derrière la maison, avait beaucoup de charme. Dans un coin, une tortue de pierre sur une grande roche plate donnait à l'endroit une certaine grâce. Depuis quelque temps, chaque fois qu'il passait par là, Jang-un examinait la sculpture avec attention.

Ce jour-là, Jang-un caressa comme d'habitude sa surface rugueuse. Il aimait cette sensation.

— Tu vas finir par l'user ! s'exclama Maître Yun avec un sourire dans la voix.

Jang-un se retourna vivement et s'inclina.

— Tu m'as bien dit que ton père avait été tailleur de pierre, n'est-ce pas ?

— En effet. Il a participé à la construction de nombreux murs et escaliers. Mais, maintenant, avec son poignet blessé, il ne peut plus travailler.

— Ça doit être difficile pour toi ! Tu es encore si jeune !

— Grâce à vous, nous mangeons au moins à notre faim.

— C'est moi qui devrais te remercier. Mes yeux vont beaucoup mieux depuis que je les lave avec ton eau de source.

Maître Yun caressa les cheveux de Jang-un et regagna sa maison. Jang-un s'inclina derrière son dos.

De retour chez lui, il s'installa dans la remise, près de la porte ouverte pour profiter des derniers rayons du soleil. Il effleura du bout des doigts l'une des pierres qu'il avait ramassées dans le ruisseau. Celles qu'il s'était exercé à tailler s'entassaient dans un coin de la cour.

Jang-un décida de sculpter une tortue. Il commencerait par tailler la carapace. C'était le plus facile.

Avec d'infinies précautions pour ne pas casser la pierre, il se mit à donner des coups de massette sur le ciseau. Il lui fallut plusieurs jours rien que pour obtenir une grossière ébauche.

La tâche n'était pas aisée, mais Jang-un éprouvait une grande joie à s'y donner à fond. Ce genre de travail avait le pouvoir d'alléger sa tristesse et ses idées moroses.

— Tu dois traiter la pierre avec le même soin que tu mettrais pour caresser le visage de ton enfant, lui dit un jour son père tout en tressant d'une seule main ses cordes de paille. Toutes les pierres, jusqu'au plus petit caillou, ont une âme. Il faut donc les tailler avec douceur, comme si on leur demandait la permission d'extraire l'esprit qui est en elles. Alors, elles s'ouvriront à toi.

Jang-un regardait son père avec admiration. Bien que celui-ci ne fût pas encore tout à fait guéri, le garçon se sentait ému d'avoir presque retrouvé son père, tel qu'il était autrefois.

— Père !
— Oui ?
— Je suis bien votre fils, n'est-ce pas ?
— Qu'est-ce que tu racontes ?
— J'aimerais tant vous ressembler !
— Ce n'est pas moi qu'il faut tâcher d'imiter, mais ton grand-père.
— Comment était-il ?
— C'était un homme sur qui on pouvait toujours compter. Il parlait peu, mais il était sage et très habile de ses mains.

Le père de Jang-un fixa un instant son regard dans le vide, comme s'il y avait cherché l'image de son père. Puis il sourit à son fils qui lui rendit son sourire. Cela faisait longtemps qu'ils n'avaient pas échangé de sourires ainsi. Jang-un eut l'impression qu'un gros nuage sombre quittait son cœur.

ㅂ

CHAPITRE 6

Une lettre de Deok

Une nouvelle année avait commencé, l'hiver tirait à sa fin. Sous les pas de Jang-un chargé de sa hotte pleine de fagots, de jeunes pousses pointaient déjà le nez. Le vent glacial s'était radouci. Jang-un n'avait plus froid aux pieds, ce qui facilitait grandement ses courses en montagne.

— Jang-un ! appela la femme de Bong-gu aussitôt qu'il entra chez Maître Yun.

À croire qu'elle avait guetté son arrivée !

— J'ai appris que Deok...

En entendant le nom de sa sœur, Jang-un tressaillit.

— Il paraît que Deok habite dans un village, comment s'appelle-t-il déjà ? Tu sais, celui où il y a beaucoup de maisons avec des toits en tuile, de l'autre côté de la rivière Mussim.

— Comment ? Ma grande sœur ?

— Mon mari l'a rencontrée par hasard, l'autre jour, quand il est allé vendre son charbon dans ce village.

— Vous êtes sûre que c'était elle ?

— Puisque je te le dis ! Tiens, elle t'a envoyé ça. Je ne sais pas ce que c'est.

La femme de Bong-gu tendit à Jang-un une feuille de papier pliée.

— Elle a dit que c'était une lettre, mais je n'ai jamais vu ce genre de caractères avant.

Jang-un déplia la feuille et découvrit, médusé, des caractères comme ceux que sa sœur et lui s'étaient amusés à apprendre ensemble.

아버지는 좀 어떠하시냐?

(Comment se porte notre père ?)

Les mains de Jang-un se mirent à trembler. Il continua à déchiffrer à haute voix la lettre de sa sœur. Il était maintenant tout à fait convaincu qu'elle venait bien d'elle.

너도 잘 있느냐? 나는 잘 있다. 만나고자 하여도 쉽지 않으니 참고 기다린다. 아버지께 잘할 거라고 너를 믿는다.

(Et toi ? Moi, je vais bien. J'aimerais tellement vous voir, mais ce n'est pas facile. Alors, je prends mon mal en patience. Je compte sur toi pour bien t'occuper de notre père.)

« Ma sœur m'a envoyé une lettre ! se dit Jang-un. C'est merveilleux ! »

Son cœur battait à tout rompre.

— S'agit-il vraiment d'une lettre ? demanda la femme de Bong-gu, intriguée. Comme c'est curieux !

Jang-un resta un moment interdit, puis il se ressaisit.

— Dans ce cas, moi aussi... murmura-t-il pour lui-même.

Le bras levé, il fit un bond en l'air. Surprise, la femme de Bong-gu recula d'un pas.

— Qu'est-ce qui te met dans cet état ? demanda-t-elle.

Jang-un lui empoigna le bras.

— Savez-vous quand votre mari retournera là-bas ? La prochaine fois, j'aimerais qu'il apporte une lettre à ma sœur.

— Lâche-moi, tu me fais mal ! Quelle force tu as !

Puis elle reprit.

— Qu'est-ce que tu me chantes là ? Vous échangez des lettres, avec ta sœur ? J'ai du mal à te croire !

6 | Une lettre de Deok

Sans prendre le temps de lui répondre, Jang-un retourna chez lui à toutes jambes.

La femme de Bong-gu lui avait expliqué que ce dernier se rendait régulièrement sur les monts Gunyeo pour fabriquer du charbon qu'il allait vendre dans les villages environnants.

Lorsqu'il arriva sur le *maru*, il était à bout de souffle.

— Père ! Père !

Il s'était à peine débarrassé de ses chaussures qu'il s'engouffra dans la chambre.

— Ma grande sœur... m'a écrit une lettre..., haleta-t-il.

Il brandit la feuille de papier sous les yeux de son père.

— Deok ? Qu'a-t-elle fait ?

Le père voulut se lever mais retomba lourdement avec un gémissement de douleur.

— Vous vous êtes fait mal, Père ?

— Non, ce n'est rien. Répète-moi ce que tu viens de dire à propos de Deok.

— Oncle Bong-gu a rencontré ma grande sœur.

— Tu veux dire qu'il a vu Deok ? Comment est-ce possible ?

Jang-un respira un grand coup et ouvrit la lettre pour son père.

— Regardez ! C'est elle qui l'a écrite. Ce sont les caractères que le vieux gentilhomme m'a enseignés.

Il lut à voix haute, en désignant chaque mot tour à tour.

Éberlué, le père suivait des yeux le déplacement de son doigt.

— Vous voyez, Père ? Elle dit qu'elle va bien.

— C'est ce qu'elle a écrit ? Le ciel soit loué ! Quel soulagement de savoir qu'elle se porte bien !

— Moi aussi, je vais lui écrire, Père.

— Je ne comprends rien à votre histoire de lettres, mais je suis très heureux d'avoir des nouvelles de ma fille.

Le pauvre homme était au bord des larmes.

Jang-un déplia l'une des feuilles de papier que lui avait données le vieil homme aux yeux de lapin et entreprit de broyer de l'encre. Le souvenir du grand-père lui revint en mémoire. Il s'adressa à lui en pensée :

« Ma grande sœur m'a envoyé une lettre, Grand-père ! Elle a utilisé les caractères que vous m'avez appris. »

Jang-un coinça la feuille de papier sous sa main gauche et se mit à écrire avec le pinceau. Son père s'approcha pour observer ses gestes.

— Comme c'est curieux ! On trace un trait ici, un rond là, un point, et ça forme des lettres ?

누이야, 반갑고 기쁜 마음이 누이를 본 것처럼 아주 크다. 편지받고 얼마나 기쁜지. 아버지는 내가 잘 모시니 걱정 마.

(Grande Sœur, quand j'ai lu ta lettre, c'était comme si je te voyais en personne. Tu ne peux pas savoir à quel point j'étais heureux ! Je prends bien soin de notre père, ne te fais pas de souci.)

Malgré tout, Jang-un avait encore un peu de mal à croire qu'il pouvait exprimer ses pensées par écrit. Quant à les envoyer...

Après le souper, il annonça :

— Père, je vais aller voir l'oncle Bong-gu. Je voudrais qu'il me parle de ma grande sœur.

— Demande-lui quel genre de personnes sont ses maîtres et dans quelles conditions elle travaille.

Comme Jang-un avançait sur le chemin en pente, Bong-gu arriva en sens inverse.

— J'allais justement... commença le garçon.

— Tu venais chez moi ?

— Oui, Oncle.

— Je suis en route pour aller voir ton père. Je me suis dit qu'il serait impatient d'avoir des nouvelles de ta grande sœur.

— J'ai bien reçu sa lettre, je vous en remercie beaucoup.

— On dirait qu'elle contient des caractères secrets que vous êtes seuls à connaître, tous les deux, pas vrai ?

— Des caractères secrets ? Hi hi hi ! Vous avez raison !

Dès l'arrivée de Bong-gu, le père de Jang-un lui saisit les mains et le bombarda de questions.

— Je ne les connais pas vraiment, répondit Bong-gu. Je ne fais que déposer mon charbon dans leur cour. Dès que l'intendant m'a payé, je m'en vais. Quand j'arrive à l'heure du repas, on m'offre à manger. Je ne peux pas vraiment les juger, mais à voir l'accueil que me réservent leurs serviteurs, je me dis que les maîtres doivent être généreux.

— Heureusement que Deok est tombée dans cette famille ! En quoi consiste son travail, exactement ?

— Elle est chargée de s'occuper de l'aïeule qui est alitée depuis des années. Car la jeune maîtresse n'a pas l'air en très bonne santé non plus.

— Je vois. Comment as-tu trouvé Deok ? Elle n'a pas maigri, au moins ?

— Non, elle semble aller bien. Elle m'a dit qu'elle devait rester tout le temps auprès de la malade et lui faire la conversation. Du coup, on ne lui donne pas d'autres corvées.

— Quelle chance ! En tout cas, je te suis très reconnaissant. C'est une véritable aubaine que ces gens soient tes clients. Grâce à cela, nous avons eu enfin des nouvelles de ma fille. Je ne sais comment te remercier.

— Quelle drôle de surprise ça a été pour moi de rencontrer Deok dans cette maison ! Elle était tellement contente de me voir ! Dire que si elle n'avait pas traversé le jardin à ce moment-là, je l'aurais manquée !...

— Ça a dû lui faire chaud au cœur de retrouver quelqu'un de son village. Surtout toi ! Tu sais que sa mère et ta femme étaient très proches. Je remercie le ciel.

— Deok s'inquiète beaucoup pour toi. Alors tâche de te rétablir au plus vite. Et puis, comme ça, nous pourrons aller boire comme autrefois.

Le visage du père de Jang-un s'éclaira de bonheur, ce qui ne lui était pas arrivé depuis bien longtemps.

Bong-gu se leva pour prendre congé. Jang-un l'accompagna au portail.

— La prochaine fois que vous irez là-bas, Oncle, je vous donnerai une lettre pour ma grande sœur. Et nous attendrons que vous reveniez pour nous donner de ses nouvelles.

— Tu n'arrêtes pas de me parler de lettres. Mais de quoi s'agit-il au juste ?

— C'est un secret entre ma sœur et moi.

— Quel petit cachottier, ce Jang-un !... En tout cas, si ton père avait été en meilleure santé, il n'aurait pas laissé Deok partir comme ça. Quel malheur pour elle ! Tss tss !

Jang-un fixa Bong-gu d'un regard interrogateur.

— Non, rien ! se hâta de répondre le bonhomme en agitant la main. C'est juste que j'ai pitié d'elle parce qu'elle est loin de sa famille.

Bong-gu descendit le chemin en pente, les deux mains derrière le dos. Jang-un lui emboîta le pas.

— Dites, Oncle, est-ce que ma sœur est obligée de travailler dur ?

— Non, pas vraiment… Elle dit que tout va bien, mais tu sais, ce n'est quand même pas un travail de tout repos que d'être servante.

Bong-gu pressa le pas et entra dans le village. Jang-un s'arrêta, immobile, sur le chemin. Il avait l'impression qu'une grosse pierre lui broyait le cœur.

« Il a raison, se dit-il. Ce n'est pas facile d'être domestique. Mais si elle dit qu'elle va bien… »

Il s'efforça de calmer son inquiétude.

À la maison, son père, assis sur le *maru*, lui dit :

— Je suis si soulagé ! Qu'est-ce que j'ai pu me faire comme souci pour ma pauvre fille !

Le lendemain, Jang-un se rendit au pavillon dans l'espoir d'y retrouver le grand-père. Il avait tellement envie de lui montrer la lettre de sa sœur et celle qu'il avait écrite pour elle ! Hélas, le vieux gentilhomme n'y était pas. Jang-un avait eu beau s'en douter un peu, il était tout de même très déçu. Il resta assis un moment sur le plancher, puis il coinça la lettre qu'il avait écrite au vieil homme sous une pierre dans un coin du pavillon.

할아버지, 장운이 다녀갑니다. 누이한테서 편지를 받았습니다. 저도 누이한테 편지를 썼습니다.

(Grand-père, je suis revenu vous voir. Ma sœur m'a envoyé une lettre et je lui ai écrit aussi.)

En rentrant chez lui, il trouva Obok dans la cour.

— Bonjour, Jang-un !

Obok déposa des gâteaux de riz sur le *maru* et s'assit.

— C'est l'anniversaire du fils aîné de mon maître, aujourd'hui, dit-il.

— Merci pour les gâteaux, Grand Frère ! répondit Jang-un, la mine réjouie.

Il ouvrit la porte de la chambre.

— Grand Frère Obok nous a apporté des gâteaux, Père !

— Merci de toujours penser à nous, mon garçon !

— Il n'y a pas de quoi ! Tenez, goûtez-y !

Jang-un et son père mangèrent avec appétit les gâteaux de riz gluant saupoudrés de farine de soja.

— Délicieux ! s'exclama Jang-un.

— Mange doucement, recommanda Obok. Tu vas te rendre malade.

— Tu sais, Grand Frère, ma sœur m'a envoyé une lettre !

— Une lettre ? De quoi tu parles ?

Jang-un étala la lettre sur le *maru* et la lut à haute voix.

— Ce sont des caractères, ça ?

— Oui, c'est un grand-père noble qui me les a appris.

Jang-un lui montra aussi la réponse qu'il avait écrite pour sa sœur. Bouche bée, Obok examina les lettres tracées sur le papier. Jang-un se mit à dessiner des traits sur le sol de la cour avec un bâton.

— Tu vois, si tu combines ce trait-ci avec ce trait-là, ça donne 가, « ga ». Avec cet autre trait, ça fait 거, « goe ». Tu ajoutes ces deux autres-là, et tu obtiens 가거라, « gagoera »[1]. C'est drôle, non ?

— Comment on écrit « onoera »[2] ?

Jang-un écrivit la consonne ㅇ et, en dessous, la voyelle ㅗ, puis il associa la consonne ㄴ avec la voyelle ㅓ.

— Regarde ! Si tu les écris à la suite, tu as 오너라, « oneora ». Facile, non ? Tu veux que je t'apprenne ? Tu comprendras vite.

— Je ne sais pas si c'est facile, mais tu crois que je pourrais écrire à Deok avec ça ?

---

1. *Gagoera,* en français : Va !
2. *Onoera* : Viens !

— Bien sûr !
— Alors, je ne peux pas laisser passer cette occasion.

Après sa première leçon, Obok profita de chaque moment de liberté pour venir chez Jang-un apprendre l'alphabet sur le sol de la cour. Avant même d'avoir maîtrisé tous les caractères, il essaya d'écrire une lettre à Deok.

덕아 짐거덩 마라.

(Deok, ne te fé pa de souci pour ta famille.)
— Non ! le corrigea Jang-un. Laisse-moi faire.

집 걱정 마라.

(ne te fais pas de souci pour ta famille.)
— Ah, je vois !

Obok y mit tout son cœur. Il avait tellement hâte de pouvoir correspondre avec Deok qu'il connut bientôt l'alphabet par cœur.

— Regarde ce que j'ai fait, Maître, dit-il un jour à Jang-un. Est-ce que c'est correct ?
— Maître ? Hum... ça me plaît bien !

Les deux garçons lurent ensemble et Jang-un corrigea les fautes.

덕아, 집 걱정 마라. 내가 자주 와서 네 아버지 돌봐 드릴게. 눈치 보아 틈틈이 쉬고, 밥 잘 챙겨 먹어라.

(Deok, ne te fais pas de souci pour ta famille. Je passe souvent chez toi pour voir ton père. Essaie de ne pas trop te surmener. Et surtout, mange correctement.)

— Tu te rends compte ? Je suis arrivé à écrire ce que je pensais, je n'en reviens pas ! s'exclama Obok.
— Je te l'avais bien dit. Au fait, sais-tu quel jour l'oncle Bong-gu doit retourner là-bas ?
— Je l'ignore, mais il faut maintenant le pousser à repartir le plus vite possible !

Obok attendit le départ de Bong-gu avec autant d'impatience que Jang-un.

Quelques jours plus tard, Jang-un put enfin confier les lettres au charbonnier. Il lui recommanda à plusieurs reprises de ne pas oublier de les transmettre à sa sœur.

Puis, le cœur battant, il attendit. Les dix jours qui devaient s'écouler avant le retour prévu de Bong-gu lui paraissaient une éternité.

Jang-un s'efforça de calmer son impatience en se concentrant sur sa tortue de pierre. À force de tailler et de retailler, il vit l'animal prendre forme peu à peu, même si celle-ci demeurait encore grossière.

— C'est ça, ta tortue ? lui demanda un jour Obok qui venait d'arriver. On dirait un hérisson !

— Il faut patienter encore un peu. Bientôt, une jolie tortue apparaîtra.

Mais Bong-gu ne revenait toujours pas. Rongé d'inquiétude, Jang-un attendit encore plusieurs jours. Enfin, Bong-gu rentra et lui donna deux lettres. L'une était adressée à Obok.

아버지, 몸이 전보다 나으시다는 말 듣고 아주 기뻤습니다. 저는 이 집에서 잘 대해 주어 잘 먹고 편히 있습니다. 그러니 제 걱정마시고 부디 몸을 추스르셔요. 내 동생 장운아, 참으로 고맙구나. 참고 견디면 꼭 좋은 날이 올거야.

(Père, j'ai été très heureuse d'apprendre que vous vous portiez mieux. Tout va bien ici, les maîtres sont très gentils avec moi. Ne vous faites pas de mauvais sang à mon sujet. Prenez soin de votre santé. Petit Frère, je te remercie beaucoup. Sois courageux, des jours meilleurs viendront.)

Jang-un relut la lettre au moins dix fois pour son père. Les yeux pleins de larmes, ce dernier hochait la tête. Il ne s'agissait que de caractères tracés sur du papier, mais en les lisant à haute voix, Jang-un ressentait toute l'affection que sa grande sœur y avait mise.

Il courut d'une traite à la rizière où travaillait Obok pour lui remettre son message. Obok essuya ses mains couvertes de terre sur son pantalon et se mit à déchiffrer d'une voix hésitante :

오복아, 네 편지 받고 깜짝 놀랐다. 정말로 고맙다. 네가 힘이 되어주니 얼마나 마음이 놓이는지 모른다. 이 은혜는 꼭 갚을게.

(Obok, j'ai été surprise de recevoir ta lettre. Je t'en remercie. Tu es d'un grand soutien pour ma famille. Tu n'imagines pas combien cela me rassure. Je te le rendrai au centuple, je te le promets.)

Ému, Obok lut et relut la missive.

— Je n'aurais jamais imaginé pouvoir un jour échanger des lettres avec Deok. Merci à toi, Jang-un !

Quand il allait couper du bois, Jang-un ramassait des pierres qu'il entassait sur le bord du chemin. À chaque nouvelle pierre qu'il déposait sur la pile, il faisait une petite prière.

Ce jour-là, il demanda au ciel de le faire grandir plus vite afin de pouvoir aller chercher sa grande sœur et la ramener à la maison. Alors qu'il arrivait près de chez lui, il rencontra Nan.

— Ma grande sœur m'a envoyé une lettre, lui annonça-t-il fièrement en faisant tournoyer son bâton.

— De quoi parles-tu ? demanda Nan, intriguée.

Jang-un sortit le billet de sa veste et le lut lentement sous les yeux de Nan qui s'arrondissaient de plus en plus.

— Qu'est-ce que c'est que ces petits dessins ?

— Ce sont des lettres. Tu veux que je te les apprenne ? Grâce à elles, on peut écrire les mots tels qu'on les prononce.

Saisie de curiosité, Nan accepta avec enthousiasme.

— Oh, oui, montre-moi comment on fait !

Et c'est ainsi que, après Obok, Nan commença à venir régulièrement chez Jang-un pour apprendre l'alphabet. Le printemps semblait enfin revenir dans la maison.

Les fréquentes visites des amis de son fils procuraient au père un tel plaisir qu'il avait retrouvé le goût de rire. Chaque fois qu'elle venait, Nan apportait des plantes comestibles macérées et des galettes de céréales.

— C'est délicieux, Nan ! Tu devrais venir tous les jours ! lui dit Jang-un.

— Si tu veux, pourquoi pas ?

— Ces caractères-là, nous sommes les seuls à les connaître, tous les quatre, pas vrai ? remarqua Obok d'un air heureux, comme s'il s'agissait d'un secret partagé. Aujourd'hui, je vais te payer ma leçon.

Il sortit et revint quelques instants plus tard, les bras chargés de branches de lespédézie bicolore. Avec l'aide de Jang-un, il fabriqua un nouveau portail.

— Un portail neuf, ça vous change toute une maison ! s'exclama le père gaiement en effleurant les branchages de la main.

Obok promena son regard sur la maison, comme s'il cherchait quelque chose à réparer.

— Avez-vous d'autres petits travaux à me confier ? offrit-il, rempli d'enthousiasme.

入

CHAPITRE 7

Une petite tortue
et un crapaud porte-bonheur

Jang-un acheva enfin la sculpture de sa tortue. Elle était certes beaucoup plus petite que celle de Maître Yun, mais il n'y avait aucun doute, c'était bel et bien une tortue.

Lorsque Jang-un franchit le portail de Maître Yun, le gentilhomme et sa femme étaient en train de contempler les poissons dans leur bassin. Le garçon s'inclina devant eux et leur présenta timidement son œuvre.

— C'est moi qui l'ai sculptée, dit-il.

— C'est une tortue, non ? remarqua Maître Yun.

— En effet, renchérit sa femme. Elle est très jolie.

— Tu en as du talent, Jang-un ! Elle est pour moi ?

— Je l'ai faite pour vous remercier. Car grâce à vous, nous mangeons à notre faim.

— Il ne fallait pas. En tout cas, je t'en suis reconnaissant.

Maître Yun examina la petite tortue sous tous les angles puis la posa à côté de celle qui ornait déjà son bassin. En voyant la grande tortue finement ciselée à côté de la sienne, si grossièrement taillée, Jang-un rougit de honte. Pourtant, Dame Yun semblait très satisfaite.

— Elles vont très bien ensemble, constata-t-elle avec un grand sourire. On dirait une mère tortue et son petit.

— Je suis tout à fait de votre avis, ajouta Maître Yun avant de s'adresser à Jang-un : Tu es bien le fils d'un tailleur de pierre.

Il n'en finissait plus d'admirer les deux tortues.

— Tu mérites que je t'offre quelque chose en échange, dit-il. Y a-t-il quelque chose en particulier que tu aimerais ?

— Non, rien !

— N'aie pas peur, dis-moi ce qui te ferait plaisir.

Jang-un hésita un instant, puis, prenant son courage à deux mains, demanda du papier.

— Du papier ? s'étonna Maître Yun. Que veux-tu en faire ?

— C'est pour envoyer une lettre à ma grande sœur.

— Une lettre ? Tu sais écrire ?

— Eh bien... euh... un vieux gentilhomme m'a montré des lettres faciles à utiliser.

— Vraiment ? Et à quoi ressemblent-elles ?

Jang-un traça alors avec son bâton quelques caractères sur le sol puis les lut à haute voix.

— On dirait plutôt des symboles, remarqua Maître Yun, intrigué. Mais puisque tu le veux, je vais te fournir du papier.

Il appela un serviteur, lui donna un ordre puis rentra dans sa maison.

— Merci infiniment, Maître Yun ! dit Jang-un en s'inclinant derrière son dos.

— Ne pars pas tout de suite ! lui demanda Dame Yun avant de se diriger vers la cuisine.

Le serviteur rapporta à Jang-un un paquet de feuilles, puis Dame Yun revint à son tour.

— Ce doit être dur de prendre soin de ton père tout seul et de nourrir ta famille, dit-elle.

— Non, non ! Grâce à vous...

— Tiens, voici un peu de riz avec de la viande. Tu le mangeras avec ton père.

Jang-un fut si ému que ses yeux se remplirent de larmes. Il cligna des paupières et s'inclina profondément devant Dame Yun.

— Merci beaucoup !

En prenant le paquet à deux mains, Jang-un risqua un coup d'œil sur le visage de la dame. Elle souriait. Son teint pâle accentuait la tristesse de ses traits et en même temps rehaussait sa beauté.

« Comme elle est belle ! » songea Jang-un.

Immobile, il la regarda traverser le jardin, monter sur le *maru* et disparaître dans sa chambre. Il avait entendu dire qu'elle avait perdu successivement ses deux fils, dont l'un était mort alors qu'il était encore petit. Les villageois disaient qu'ils avaient tous les deux contracté une maladie inconnue et avaient longtemps souffert avant de succomber. Dame Yun en avait été profondément affligée, ce qui expliquait sa pâleur.

« Elle doit ressentir le même chagrin que moi », se dit Jang-un.

Il rentra chez lui d'un pas léger. Il avait hâte de préparer une soupe de viande.

— Père, comment prépare-t-on de la viande ?

— Où l'as-tu trouvée ? demanda son père, étonné.

Suivant ses conseils, Jang-un fit d'abord revenir la viande coupée en morceaux dans de l'huile de sésame. Puis il ajouta des lamelles de radis. Lorsqu'elle commença à bouillir, la soupe dégagea une odeur savoureuse. Ce soir-là, la table du souper fut bien garnie.

— Il n'y a pas à dire, la viande redonne des forces, dit le père. Je me sens déjà tout ragaillardi.

Il sourit gaiement, une multitude de rides se forma autour de ses yeux.

— C'est bien vrai ! approuva Jang-un. J'aimerais bien pouvoir en manger au moins une fois par an.

Jang-un dénicha une pierre de forme allongée au bord du ruisseau. Elle était aussi grande que son bras. Il la prit dans ses mains, l'examina de près et trouva qu'elle ressemblait à un bœuf couché.

Le lendemain, en livrant son bois dans la maison près de laquelle poussait un grand ginkgo, il observa attentivement un bœuf allongé dans son étable. Les yeux fermés sous le soleil qui entrait par la porte ouverte, l'animal ruminait. Jang-un resta si longtemps à étudier la forme de son dos et de sa queue qui fouettait ses flancs pour chasser les mouches qu'il ne vit pas le temps passer.

Il revint plusieurs jours de suite.

— Qu'est-ce que tu as à le regarder comme ça ? finit par lui demander d'un ton taquin la propriétaire de la maison. Tu aimerais en avoir un pareil ? Mais pour quoi faire ? Vous n'avez même pas de rizière !

Elle lui donna une petite tape affectueuse sur la tête. Gêné, Jang-un se gratta le crâne. La femme prit un panier sur une étagère et lui offrit quelques gâteaux de riz gluant saupoudrés de farine de soja.

S'efforçant de se rappeler tous les détails de la silhouette du bœuf, Jang-un entreprit de tailler la pierre allongée. Chaque jour, il y travailla avec ardeur, ne s'arrêtant qu'à la tombée de la nuit. Il mit plus d'un mois rien que pour ébaucher le cou de l'animal, mais il se sentit alors aussi riche que s'il venait d'acquérir un vrai bœuf.

Quand il eut enfin terminé, il éprouva une certaine satisfaction, bien que la sculpture fût encore assez maladroite. Il la montra à son père.

— Père, nous voici propriétaires d'un bœuf ! plaisanta-t-il.

— On dirait un vrai !

— Quand je serai grand, je gagnerai plein d'argent et j'achèterai des rizières, des champs et un bœuf.

— Bonne idée ! J'espère que tu y arriveras.

Avec un sourire, le père passa la main sur le dos de la sculpture, comme s'il avait caressé un bœuf vivant.

Jang-un aimait beaucoup tailler la pierre pour en faire naître des objets. Il observait maintenant avec attention toutes les pierres qu'il trouvait sur son chemin, surtout sur les sentiers de montagne et les berges des ruisseaux.

Un soir, Nan vint chez Jang-un pour lui montrer une feuille de papier sur laquelle elle avait écrit quelques lignes. Les deux enfants les lurent à haute voix. Il y était surtout question de fleurs et de plantes médicinales.

뒷산에 도라지 꽃이 많이 피었다. 도라지는 꼭 아기가 입을 오므린 것처럼 꽃잎을 오므리고 있다. 도라지는 꽃잎만 예쁜 것이 아니라 뿌리도 약재가 되어 우리에게 쓸모가 많다.

(Sur la colline derrière le village, les campanules ont fleuri. Celles qui sont encore fermées ressemblent à une bouche de bébé. Non seulement, leurs fleurs sont jolies, mais leurs racines font de précieux remèdes.)

— Tu es bien la petite-fille d'un herboriste ! conclut Jang-un.

— Tu l'as dit ! approuva Obok.

Tous les trois éclatèrent de rire.

Jang-un se rappela alors les paroles du grand-père aux yeux de lapin : « Tu l'enseigneras aux autres. »

Peu à peu, à force de se retrouver pour s'exercer à écrire, Jang-un et Nan virent leur amitié se renforcer, encore plus que lorsqu'ils étaient petits.

De temps en temps, Nan aidait Jang-un à faire la cuisine et lui donnait de nouvelles recettes.

Un soir, après la leçon, comme Jang-un raccompagnait Nan et Obok au portail, il vit, sur une jarre de la terrasse, un crapaud qui les regardait en clignant des paupières.

— Quel culot il a, ce crapaud ! s'exclama Obok en s'emparant d'un bâton. De quel droit il vient s'installer sur cette jarre ?

Il toucha légèrement l'animal qui se déplaça sur le côté. Obok recommença. Mais le crapaud se contenta de s'écarter un peu plus.

— Il a l'air sérieux, assis comme ça, commenta Jang-un. Tu ne trouves pas, Grand Frère ?

— C'est vrai, ce n'est pas un crapaud ordinaire. Quelque chose me dit qu'il va vous porter chance, à toi et à ta famille.

— Je le crois aussi. Il me plaît bien, ce crapaud.

Jang-un regarda la gorge du crapaud enfler à chaque coassement.

Il recommença à s'enfermer dans la remise dès qu'il avait une minute de libre. L'été avançait. De grosses gouttes de sueur tombaient sur les mains du garçon, mais c'est à peine s'il ressentait la chaleur tant il était concentré sur son travail. Au bout de quelque temps, un crapaud émergea de ses mains. Il avait un air si bienveillant qu'il ne pouvait qu'apporter de la bonne fortune.

— Comme j'ai déjà l'original dans ma cour, celui-là, je vais le porter...

Jang-un glissa le crapaud porte-bonheur dans un sac de chanvre et le fourra dans le fagot qu'il devait livrer chez Maître Yun.

CHAPITRE 8

Le chantier
du tailleur de pierre

Alors que Jang-un s'apprêtait à repartir après avoir déposé son fagot, il aperçut Maître Yun au bord du bassin. Il portait des vêtements en ramie soigneusement amidonnés et, dans sa main, il tenait le crapaud porte-bonheur que Jang-un avait offert à Dame Yun avec l'espoir secret qu'elle le garderait dans sa chambre. Maître Yun parlait à un homme à la barbiche clairsemée et au front creusé de rides profondes. Près de son œil gauche, l'homme avait une tâche brune, large comme une main de bébé. Son regard était si perçant qu'il faisait un peu peur. Les deux hommes conversaient tout en examinant la tortue et le crapaud façonnés par Jang-un. Lorsque le garçon vint le saluer, Maître Yun lui dit d'un ton joyeux :

— Jang-un, je te présente un maître tailleur de pierres tombales qui œuvre pour le gouvernement provincial. Il est aussi sculpteur

— Je m'appelle Jang-un, dit le garçon en s'inclinant.

— Tu m'as l'air assez doué pour le travail de la pierre, dit l'homme. J'ai entendu dire que ton père était du métier. C'est lui qui t'a appris ?

— Oui.

— Ce travail te plaît ?

— Oui, beaucoup. J'ai le cœur qui bat rien que de voir la pierre prendre forme... Je ne sais pas comment vous décrire ce que je ressens.

L'homme scruta longuement Jang-un avant de demander :

— Aimerais-tu travailler avec moi ?

— Comment ?

— Tu ne peux pas te contenter de faire ça pour t'amuser.

Jang-un leva les yeux vers l'homme.

— Pourquoi n'irais-tu pas faire ton apprentissage dans un atelier ? intervint Maître Yun avec un sourire. Si tu en faisais ton métier, tu pourrais gagner ta vie.

— J'accepte volontiers ! répondit Jang-un sans réfléchir.

Mais aussitôt, il pensa à son père.

— Mais mon père est malade...

— Je suis au courant, dit l'homme. Si tu veux, tu pourrais venir travailler dans mon atelier seulement de temps en temps. Prends le temps d'y réfléchir et reviens me voir quand tu seras prêt.

— Merci beaucoup.

Dès qu'il eut franchi le portail, Jang-un fit un bond en l'air pour exprimer sa joie. Puis il se précipita chez lui.

Tout excité, il raconta sa rencontre à son père qui dit :

— J'ai déjà entendu parler de lui. On l'appelle « Tache-de-Vin ». Il a énormément de talent. Il est si intransigeant que même les nobles le traitent avec beaucoup d'égards.

— C'est vrai, Père. En le voyant, je me suis tout de suite dit qu'il sortait de l'ordinaire.

— Il a dû remarquer que tu avais un don. Je pense exactement la même chose. Si tu te débrouilles bien dans ce métier, tu pourras faire vivre une famille.

Le cœur de Jang-un cognait fort dans sa poitrine. Il allait apprendre un métier en taillant autant de pierres qu'il le voudrait et, en plus, il nourrirait sa famille et pourrait même économiser pour aller chercher sa grande sœur. Que pouvait-il espérer de mieux ?

Le lendemain, il raconta ce qui lui était arrivé à Obok venu le voir.

— On peut dire que ton crapaud t'a vraiment porté chance ! s'exclama Obok.

— Tu dois avoir raison.

— Je l'ai compris dès que je l'ai vu. Il a le mot « chance » inscrit sur le front.

— Qu'est-ce que tu racontes ?

Le père de Jang-un rit de toutes ses rides.

Le chantier de Tache-de-Vin était situé de l'autre côté de la montagne, derrière le village de Deulmal. Le sol était jonché de blocs de pierre de toutes dimensions que des hommes taillaient à grands coups de ciseau. Ils étaient si absorbés par leur travail qu'ils ne remarquèrent même pas l'arrivée de Jang-un. Dans l'atelier couvert travaillaient les sculpteurs et les graveurs. Jang-un chercha du regard le maître artisan.

— Comme c'est beau ! se récria-t-il, béat d'admiration devant toutes ces pierres taillées et sculptées.

Et comme elles étaient grossières ses œuvres, à côté !

Figé d'émerveillement, Jang-un observait les mains habiles d'un sculpteur en train de faire naître un lion.

— Ça paraît si facile ! On dirait qu'ils taillent du bois, murmura-t-il pour lui-même.

Tache-de-Vin était occupé à graver des caractères chinois sur une pierre tombale. Jang-un s'inclina devant lui.

— Ah, te voilà !

Et sans un mot de plus, le maître artisan se replongea dans son travail. Les ouvriers lancèrent un regard vers Jang-un en silence.

Ne sachant plus quoi faire, Jang-un resta cloué au milieu du chantier. Un homme coiffé d'une longue tresse [1] lui donna une tape sur l'épaule et lui tendit une cruche vide.

— Va puiser de l'eau à la source, là-bas.

— Tout de suite !

Content que quelqu'un s'intéresse enfin à lui, Jang-un partit aussitôt. Il revint quelques instants plus tard avec la cruche remplie. Le vieux garçon, qui s'appelait Gabchul, lui adressa un grand sourire et lui désigna du menton les tailleurs de pierre.

— Apporte-leur un bol d'eau à chacun, ordonna-t-il.

Jang-un obéit.

Plusieurs des artisans étaient de vieux garçons, comme Gabchul.

— Comment t'appelles-tu ? demanda l'un d'eux après avoir bu son eau.

— Jang-un.

— Si Tache-de-Vin t'a remarqué, c'est que tu dois être doué, commenta un autre.

— J'espère que vous voudrez bien m'apprendre ce que vous savez.

— C'est toi qui es responsable de l'eau, désormais.

— Comment ? Ah, je vois !

— Jang-un ? répéta Gabchul. Quel beau nom ! C'est un nom digne au moins d'un général. Il m'intimide. Alors, comme tu viens seulement d'arriver, je vais te donner un

---

1. Un homme adulte qui porte encore une tresse est célibataire.

nom plus banal. Jang-tol, par exemple. Eh bien, Jang-tol, sais-tu tailler la pierre ?

Tout en parlant, Gabchul se frappait la paume de la main de petits coups de massette.

— Un peu.

Grâce à la franchise et à la gentillesse de Gabchul, Jang-un commençait à se sentir moins crispé.

— Tu vas être content, Sang-su ! remarqua Gabchul. Ce n'est plus toi le petit nouveau.

Le dénommé Sang-su se tourna vers Jang-un avec un sourire contraint. C'était un vieux garçon, à peu près du même âge que Gabchul. Jang-un inclina la tête.

— Voici ton chef direct, plaisanta Gabchul. C'est lui que tu devras craindre le plus.

Sang-su lui lança un regard faussement indigné avant de laisser échapper un petit rire.

— Tu sais, dit Gabchul en baissant soudain la voix, Sang-su est un proche de Tache-de-Vin. Il n'est pas d'origine aussi modeste que nous. Alors, il se donne des airs. Comme il sait un peu lire et écrire, il apprend à graver les pierres tombales.

Gabchul coula un regard oblique vers Tache-de-Vin et chuchota :

— Tu sais pourquoi on l'appelle Tache-de-Vin ?

Jang-un secoua la tête.

— Regarde la tache qu'il a sur le visage. Elle a la couleur du vin, tu ne trouves pas ?

Jang-un pouffa. Gabchul pointa le pouce en l'air et ajouta :

— C'est lui, le patron ! Il a un sale caractère, tu n'imagines pas ! Tu vas vite t'en rendre compte par toi-même. Prépare-toi à verser des larmes.

Jang-un tourna la tête vers le maître artisan. Au-dessus de l'épaule luisante de sueur, il scruta son profil aux lèvres serrées.

Le travail de Jang-un consistait en de menues tâches, telles que transporter les pierres ou puiser de l'eau. Mais il était si heureux de se trouver là que ces basses besognes ne le rebutaient pas.

Ce n'est qu'au bout de plusieurs jours que Tache-de-Vin l'appela enfin.

— Prends une massette et casse cette pierre.

Jang-un positionna le ciseau et leva la massette. Tache-de-Vin changea l'orientation de sa main.

— Tu dois ressentir au bout de tes doigts l'inclinaison de ton ciseau et la force qu'il te faut mettre dans ta massette.

— Oui, je comprends.

Tache-de-Vin le fit s'exercer sans relâche à fendre la pierre selon un angle voulu. Parfois, Jang-un passait toute une journée à s'entraîner.

— Un tailleur de pierre se sert de ses mains comme si elles étaient ses yeux, ses oreilles et sa bouche, lui disait souvent Tache-de-Vin.

Alors, Jang-un rassemblait toutes ses forces dans ses mains afin d'être en mesure de voir, d'entendre et de parler. Le travail était pénible, mais son cœur débordait de joie.

— Chaque pierre a son tempérament, lui dit un jour le maître artisan. Si tu ne les contraries pas, elles obéiront à tes mains. Sinon, elles n'en feront qu'à leur tête. Un bon tailleur de pierre doit apprendre à les maîtriser.

Tache-de-Vin tapota l'épaule de Jang-un en signe d'encouragement et s'en alla. Jang-un se fit la réflexion que s'il appliquait bien les conseils de son maître, il pourrait devenir un remarquable tailleur de pierre. Cette idée le remplit de bonheur.

Par hasard, ses yeux croisèrent ceux de Sang-su qui détourna aussitôt la tête avec une mimique contrariée. Jang-un lança un regard en direction de Tache-de-Vin puis de nouveau vers Sang-su qui s'était déjà remis à son travail. Chaque coup qu'il donnait avec sa massette secouait son large dos. Jang-un le contempla un moment avant de reprendre son ciseau.

Pour une raison ou pour une autre, Sang-su ne lui avait jamais manifesté aucune gentillesse particulière. Aussi l'apprenti se sentait-il très mal à l'aise en sa présence.

Après le souper, Jang-un notait tout ce qu'il avait appris au cours de la journée. Quand il se relisait ensuite, il éprouvait encore dans ses mains le contact des pierres qu'il avait travaillées.

— Qu'est-ce que tu lis ? demanda un soir Obok en entrant dans la chambre, Nan sur ses talons.

— J'ai écrit ce que j'ai appris pour ne pas l'oublier.

En articulant chaque mot, Nan et Obok lurent ensemble ce que Jang-un avait noté.

— Quelle chance de savoir écrire ! conclut Obok. Comme ça, on ne risque pas d'oublier ce qu'on sait.

— Tu as raison ! approuva Nan. Et on peut aussi le montrer aux autres.

— Exactement ! dit Jang-un en hochant la tête. Mais à condition que les autres sachent lire. Le grand-père aux yeux de lapin m'a dit que bientôt tout le monde connaîtrait cet alphabet.

— Tu crois ? demanda Nan, sceptique.

— En fait, je ne sais pas trop.

« Il faut faire passer toute sa force dans le ciseau... »

— Hum, fit Obok. Ça n'a pas l'air facile de tailler la pierre.

À mesure qu'il lisait, Obok dodelinait de la tête.

— Regarde, dit un homme nommé Pandol en montrant à Jang-un la pierre qu'il était en train de tailler. Serais-tu capable de faire d'autres carrés, exactement comme celui-là ?

Autour du trou déjà creusé, quatre carrés étaient dessinés sur la pierre.

— Oui, je peux, répondit Jang-un.

— Alors, vas-y. Respecte bien les dessins et surtout ne dépasse pas les traits. Quand tu auras fini, nous enfoncerons les coins.

— Les coins ?

— Oui, les coins de bois sur lesquels on versera de l'eau. En gonflant, le bois fera éclater la pierre.

— Ah, je vois !

Jang-un leva sa massette et Pandol corrigea la position de sa main avant de s'en retourner à son ouvrage. L'ouvrier revint plusieurs fois vérifier le travail de Jang-un qui s'appliquait avec zèle.

Le jeune apprenti observait la façon dont les sculpteurs travaillaient leur première ébauche puis faisaient naître des courbes parfaites de la pierre brute. Non seulement leur technique était remarquable, mais ils y mettaient une extrême minutie. Jusqu'au détail le plus infime, Jang-un gravait tout dans son esprit.

Le père de Jang-un avait terriblement souffert de son mal de dos, mais depuis quelque temps son état s'était un peu amélioré. Aussi Jang-un pouvait-il se consacrer à couper du bois et tailler la pierre d'un cœur plus léger. Et tous les deux mois, Bong-gu lui apportait des nouvelles de Deok.

Un matin de bonne heure, Jang-un livra, comme d'habitude, ses fagots avant de se rendre à l'atelier. Sang-su, qui allait puiser de l'eau à la source, lui barra le chemin.

— Tu viens pour travailler ou pour t'amuser ? ironisa-t-il. Tu as vu le soleil ?

Il lui mit la cruche dans les mains et tourna les talons. Jang-un demeura un instant tout penaud, puis se dirigea vers la source.

Comme il n'arrivait sur le chantier que l'après-midi, c'était sur Sang-su que retombaient les corvées de la matinée. Mais Jang-un avait beau se lever à l'aube et se hâter de couper son bois, il lui était impossible de commencer à travailler sur le chantier en même temps que les autres ouvriers. Et dès lors que Tache-de-Vin acceptait cette situation, Sang-su ne pouvait rien dire. En revanche, il ne se privait pas de se montrer désagréable avec Jang-un.

Revenu de la source, l'apprenti se mit à distribuer l'eau.

— Tenez, voici un bol, offrit-il au premier ouvrier.

— Quelle rapidité !

Lorsqu'il tendit un bol à Sang-su, celui-ci s'en empara d'un geste vif avant de détourner aussitôt la tête.

Jang-un entreprit ensuite de tailler des morceaux de pierre inutilisables afin de s'échauffer les mains.

Sang-su lui montra alors un bloc de pierre et dit :

— On va sculpter un lion. Commence par le dégrossir.

Jang-un se mit au travail, attentif à maîtriser la force qu'il appliquait à chacun de ses gestes. À présent, il arrivait à produire des ébauches correctes.

Tap tap tap ! Les coups de massette retentissaient dans le silence du chantier.

— Oh non ! gémit Jang-un.

Trop tard, le cri lui avait échappé ! Tout pâle, il demeura pétrifié. Sang-su se tourna vers lui.

Comme la pierre avait résisté à plusieurs coups de massette, Jang-un avait cogné un peu plus fort et avait fini par la casser. Les sourcils froncés, Sang-su s'approcha.

— Tailler la pierre, c'est un art, mais la casser, c'est de la maladresse.

Désemparé, Jang-un interrogea l'ouvrier du regard. Comment faire pour réparer cette erreur ?

— C'est ma faute, dit Sang-su d'un ton moqueur. Je n'aurais pas dû te confier ce travail. Tu as encore besoin de t'exercer, ajouta-t-il en désignant d'un geste du menton un tas de fragments de pierre.

Jang-un s'en fut d'un pas lourd.

— C'est bien ce que je pensais, marmonna Sang-su derrière son dos. Il n'a aucun talent...

Jang-un eut l'impression de recevoir un coup de poignard dans la nuque.

À sa grande surprise, Sang-su n'ébruita pas l'incident. Mais le sourire moqueur de l'ouvrier lui broya d'autant plus le cœur.

Toute la journée, Jang-un travailla avec application, méditant sur l'importance de maîtriser sa force. C'était comme maîtriser son esprit – il ne fallait se laisser dominer ni par l'impatience ni par l'inquiétude.

Heureusement, la pierre qu'il avait cassée n'en était qu'au stade de l'ébauche. Mais s'il s'était agi d'une œuvre plus aboutie ? Rien qu'à cette idée, Jang-un en eut des frissons. Il se tapota la poitrine, comme pour apaiser son cœur.

La plupart du temps, Tache-de-Vin se montrait indifférent à l'égard de Jang-un, mais parfois, sans crier gare, il surgissait à ses côtés pour lui faire une démonstration – par exemple, sur l'art de graver une courbe parfaite.

— Même pour graver un trait aussi fin qu'un fil d'araignée, tu dois y mettre toute ton énergie, lui avait-il conseillé. Une seule griffe doit contenir plus de puissance que le lion entier.

Jang-un buvait les conseils de son maître. Les notes qu'il prenait commençaient à former une belle collection. Chaque fois qu'il en avait le temps, il les relisait.

Quand Jang-un avait terminé sa journée, Tache-de-Vin lui donnait quelques pièces pour le remercier de son travail. Mais comme il apprenait plus qu'il n'aidait réellement, Jang-un se doutait bien que cet argent ne provenait pas du gouvernement provincial mais directement de la poche du maître artisan. Ce qu'il ne dépensait pas pour acheter quelques œufs, il le mettait de côté, dans un pot de terre. En voyant ses économies s'accumuler, il se réjouissait à l'idée de ramener un jour sa grande sœur à la maison.

Un après-midi, alors que Jang-un s'en retournait chez lui, Sang-su lui emboîta le pas. Le garçon s'en étonna.

— Il paraît que tu viens d'une famille d'esclaves, lança Sang-su.

Il habitait en face de chez Maître Yun, mais, bien qu'il empruntât le même chemin que Jang-un pour rentrer chez lui, jamais il ne lui avait proposé de faire le trajet ensemble. Une fois tous les ouvriers partis, Jang-un, Gabchul et Sang-su devaient encore nettoyer et remettre le chantier en ordre. Sang-su était toujours le premier à s'en aller.

— Je vois que tu t'es bien débrouillé pour un esclave, reprit-il. Tu as su tirer profit de tes médiocres aptitudes manuelles pour te faire accepter sur le chantier.

Jang-un sentit la colère monter en lui mais se contint.

— Tache-de-Vin est un de mes lointains parents, tu le sais, non ? continua Sang-su d'une voix pleine d'orgueil. Normalement, les gens de notre condition ne font pas ce genre de métier. Mais comme nous savons lire et écrire le chinois, nous sommes les seuls à pouvoir graver les pierres tombales. Ici, c'est Tache-de-Vin qui s'en charge. Les simples tailleurs de pierre en sont incapables.

Voyant que Jang-un ne réagissait pas, Sang-su donna un coup de pied dans un caillou.

— C'est moi qui succéderai à Tache-de-Vin, tu entends ?

Jang-un continuait de marcher en silence.

— Si Tache-de-Vin se montre gentil envers toi, ce doit être à cause de ta situation familiale. Alors profites-en bien ! Avec un peu de chance, tu pourras peut-être devenir tailleur de pierre, malgré tes origines.

Jang-un serra les poings. Une colère réprimée enflammait son visage.

— Mais je te conseille d'arriver plus tôt le matin, poursuivit Sang-su. De quel droit un simple apprenti se permet-il d'être le dernier sur le chantier ? C'est inacceptable !

À la bifurcation du chemin, Sang-su quitta Jang-un sans un mot. Se mordant la lèvre pour réprimer sa rage, le garçon le regarda s'éloigner.

« Je ne dois pas me mettre en colère, se dit-il. Je ne suis qu'un apprenti, il ne faut pas que je gâche ma chance. »

Il respira un grand coup et se mit à courir.

Patience ! Patience !

Jang-un continuait de livrer des fagots chez le vieil herboriste. Satisfait, ce dernier lui fournissait de temps en temps des remèdes pour son père en échange.

Ce jour-là, en arrivant dans la cour, Jang-un vit Nan en train de faire tourner sa meule.

— Tu veux que je t'aide ? demanda-t-il en déposant son fagot.

— Oui, merci.

Jang-un la remplaça pour actionner la meule tandis qu'elle versait des cuillerées de soja gonflé d'eau sous la pierre. Un jus laiteux débordait du récipient placé sous la meule.

— Tu vas faire du tofu ?

— Oui. Mais le résidu du soja est très bon aussi.

— J'en ai l'eau à la bouche.

— Je vais t'en donner un peu.

— Dans un grand bol, tant qu'à faire !

— À vos ordres !

Les deux enfants s'affairaient à moudre le soja quand le vieil homme sortit de sa chambre. En les voyant ensemble, il fronça les sourcils. Un peu gêné, Jang-un lâcha la meule et se leva. Nan s'éclipsa dans la cuisine.

— Tu m'as apporté du bois ? demanda l'herboriste.

— Oui.

— Il paraît que tu travailles sur un chantier où l'on taille la pierre.

— C'est vrai.

— C'est une chance pour ta famille. Est-ce que ton père arrive maintenant à se déplacer ?

— Oui, il va un peu mieux. Grâce à vous.

— Hmm hmm... Merci pour le petit bois. Au revoir !

— Au revoir !

Le soir même, Nan vint chez Jang-un et apporta du tofu et du résidu de soja. Pour la première fois depuis longtemps, le père mangea avec appétit. Tout en bavardant avec Nan, Jang-un ne put s'empêcher de penser à la mine contrariée du vieil herboriste. Cette idée l'attrista.

天

CHAPITRE 9

« Je reviendrai te chercher. »

Le vent devenait de plus en plus froid. Comme le premier anniversaire de la mort de sa mère approchait, Jang-un se dit qu'il devrait aller au marché pour y acheter ne fût-ce qu'un merlan séché. Il avait déjà préparé du *kimchi* avec une partie des radis qu'on lui avait donnés en échange de ses fagots. Les radis restants, il les avait enterrés dans un coin de la cour pour pouvoir les manger pendant l'hiver. Nan lui avait aussi donné un pot de *kimchi* de chou pour le remercier de lui avoir livré du petit bois. Il avait donc de quoi se nourrir pendant toute la saison froide.

— Et si nous allions voir Deok ? lui proposa un jour Obok.

Depuis le début de l'hiver, celui-ci avait moins de travail aux champs et venait plus souvent chez son ami.

Surpris, Jang-un sursauta. Rendre visite à Deok était une chose qu'il n'avait jamais osé imaginer.

— Tu crois que c'est possible ? Et une fois là-bas, on pourra la voir ?

— Ses maîtres ne chasseraient tout de même pas son petit frère qui aurait fait un si long chemin !

— Si seulement tu avais raison !

— Nous n'avons qu'à accompagner l'oncle Bong-gu. J'ai entendu dire qu'il partait après-demain.

C'est alors que la porte s'ouvrit brusquement et que le père de Jang-un se traîna jusqu'au seuil de la chambre.

— Comment ? Vous allez où ? demanda-t-il.

Jang-un et Obok entrèrent dans la chambre.

— Jang-un et moi allons essayer de rendre visite à Deok.

— Vraiment ?

— Il paraît que le trajet aller et retour ne prend que deux jours.

— Comme je serais heureux si vous pouviez la voir !

Pendant les deux jours suivants, Jang-un s'activa à préparer son départ. Il obtint du maître du chantier la permission de s'absenter et livra d'avance plusieurs fagots. Il cuisina du riz et de la soupe pour son père, de quoi tenir deux jours. Il entassa également une provision de petit bois à côté du foyer.

Le jour du départ arriva enfin. Bong-gu et les deux garçons se mirent en route de bonne heure. Un vent glacial soufflait sur les champs déserts. Quand ils eurent marché un long moment, Bong-gu donna à chaque garçon un gâteau de riz gluant saupoudré de farine de soja.

— Mine de rien, c'est très nourrissant ! affirma-t-il.

En devenant plus tendre sous la dent, le gâteau gagnait en saveur.

Pour la première fois de leur vie, dans une auberge très bruyante, les garçons dégustèrent une soupe de riz et de viande. Ils la trouvèrent tellement bonne qu'ils vidèrent leur assiette d'un trait.

— Voici la rivière Mussim, dit Bong-gu quand ils eurent repris la route. Il ne nous reste plus qu'à la traverser.

— C'est ça la Mussim ?

Une petite barque avec deux passagers à son bord se dirigeait vers la rive opposée. Lorsque Jang-un et ses compagnons arrivèrent sur la berge, les passagers descendirent de l'embarcation.

— Hé ho ! appela Bong-gu.

Le batelier agita la main. La barque fit lentement le trajet en sens inverse. Bong-gu embarqua le premier et fit signe aux garçons de le suivre. Dès que Jang-un y eut posé un pied, la barque vacilla. Il poussa un cri, eut quelque peine à retrouver son équilibre et s'empressa de s'asseoir. Obok monta à bord d'un pas léger. Le batelier repoussa la barque de la berge à l'aide d'une longue perche. Le courant était si violent que Jang-un en eut le tournis.

Bong-gu et le batelier échangèrent des nouvelles à propos de leurs connaissances communes. La petite embarcation atteignit rapidement l'autre rive. Bong-gu et les garçons durent ensuite faire encore un long chemin à pied. Quand ils parvinrent enfin au village – dont la plupart des maisons avaient un toit de tuiles –, il commençait à faire nuit. Les garçons suivirent Bong-gu qui franchit le portail d'une maison de modeste apparence. Mais une fois traversé le jardin, ils arrivèrent devant un second portail.

Un serviteur conduisit Jang-un et Obok devant une chambre près de l'entrée. Ils s'assirent sur le *maru* et attendirent. Jang-un ne cessait de jeter des coups d'œil impatients vers le pavillon principal. Au bout d'un moment qui leur sembla une éternité, Deok apparut enfin.

— Jang-un ! s'écria-t-elle tout émue. Tu es venu pour de bon !

— Grande Sœur !

Le frère et la sœur s'enlacèrent.

— Comme tu as grandi ! remarqua Deok. Tu es presque un homme maintenant.

Les mains de Jang-un dans les siennes, Deok se mit à pleurer, incapable de parler davantage. Elle avait maintenant l'air d'une vraie femme, mais elle avait beaucoup maigri et ses mains étaient rugueuses. Sa vie ne devait pas être facile. À cette pensée, Jang-un sentit son cœur se serrer.

— Merci, Obok, d'avoir pris soin de mon père et de Jang-un. Je te suis très reconnaissante.

— Ce n'est rien, répondit Obok avec un sourire en se grattant le crâne.

— Est-ce vrai que notre père arrive à aller aux latrines tout seul ?

— Oui, il veut guérir à tout prix pour ne plus être un fardeau.

Bong-gu s'approcha avec un grand sourire de satisfaction.

— Je dois repartir sans tarder, annonça-t-il. J'ai encore des choses à faire. Vous pourrez rentrer par vos propres moyens, non ?

— Oui, Oncle Bong-gu. Merci beaucoup !

Deok s'inclina plusieurs fois pour remercier le charbonnier puis le raccompagna au portail. Ensuite, elle conduisit Jang-un et Obok dans une petite chambre réservée aux serviteurs.

— Reposez-vous ici, conseilla-t-elle. L'intendant a fait libérer cette pièce pour vous.

Deok revint bientôt avec une table basse garnie de plats.

— Vous devez avoir faim ? Mangez ! La cuisinière vous a préparé ça.

Il y avait si longtemps que Jang-un ne s'était pas retrouvé autour d'une table avec sa sœur ! Il avait l'impression de rêver. Plusieurs plats accompagnaient le riz qui débordait des bols.

— Tu ne travailles pas trop dur ? demandèrent en chœur Jang-un et Obok.

— Non, pas trop.

— Je sais que ce n'est pas facile de travailler comme servante, insista Obok.

— Je t'ai dit que non. Je n'ai à m'occuper que d'une vieille dame malade. Comme je lui suis très dévouée et que je dors même dans sa chambre, la jeune maîtresse apprécie beaucoup mon travail et me traite avec bonté.

Deok passait tout son temps auprès de la vieille femme. Elle lui faisait sa toilette, l'aidait à manger et à faire ses besoins naturels, et bavardait avec elle pour la divertir.

Jang-un lui tendit une tortue de pierre.

— Tiens, dit-il, tu la mettras dans ta chambre.

— On dirait une tortue ! remarqua-t-elle. C'est toi qui l'as sculptée ?

Poussant des exclamations admiratives, Deok regarda tour à tour la tortue et son frère aussi fier que gêné.

— Je suis tellement contente de recevoir des nouvelles de la maison ! Je me sens rassurée !

— Notre père aussi est soulagé. Heureusement que nous connaissons cet alphabet ! Il nous est vraiment bien utile.

— Je n'aurais jamais cru que tu apprendrais à écrire, Obok !

— Je ferais n'importe quoi pour rester en contact avec toi.

Tous les trois partirent d'un grand éclat de rire.

— Je ne peux pas rester longtemps, dit Deok. Comme la grand-mère ne dort presque pas, je dois rester à son chevet une bonne partie de la nuit. Je reviendrai plus tard.

Deok sortit en emportant la table. Jang-un et Obok se lavèrent au puits puis regagnèrent la chambre. Ils étalèrent une couverture sur le sol et s'assirent en étendant les jambes. Quelques instants plus tard, Deok leur apporta des kakis bien mûrs.

— La grand-mère me les a donnés pour vous.

— J'aurais dû venir plus tôt, Grand Sœur. Ça me fait du bien de te voir ainsi. J'étais si inquiet, je me demandais tout le temps si on te battait.

Deok agita la tête avec un sourire. Puis elle questionna son frère sur tout ce qui l'avait préoccupée : leur père, les lettres qu'ils avaient échangées, le nouveau métier de Jang-un, Tache-de-Vin... Elle voulait tout savoir. Enfin, elle glissa ses mains sous la couverture pour vérifier que le sol de la chambre était bien chauffé et se releva en hâte. Visiblement, elle avait peu de temps libre.

— Dormez bien ! Je vous retrouve demain matin.

Obok sortit sur les talons de Deok. Jang-un s'allongea sur le dos. La chaleur du sol détendit ses muscles. Cette longue journée de marche l'avait épuisé. Cependant, tout à la joie d'avoir retrouvé sa sœur, il avait du mal à s'endormir. Ce n'est qu'un long moment plus tard qu'Obok revint et se coucha près de lui. Il se tourna et se retourna plusieurs fois et dit à voix basse :

— Tu sais, Jang-un, depuis l'année dernière, je mets de côté tous les gages que me verse le meunier. Je vais m'en servir pour emmener Deok loin d'ici.

Jang-un se réveilla d'un seul coup.

— Elle dit que ses maîtres sont bons avec elle, mais elle est tout de même servante. Et prendre soin d'une vieille dame malade et à moitié infirme n'est pas facile tous les jours. Tu as vu l'état de ses mains ? Elle dit qu'elle va bien, mais moi je suis sûr qu'elle travaille trop.

En se rappelant les mains abîmées de sa grande sœur, Jang-un eut un pincement au cœur. Il lui apparut qu'Obok était soudain devenu adulte. Son ami se tourna vers lui et dit :

— Si Deok le voulait bien, tu accepterais ? Je m'occuperais de ton père. Tu sais que je n'ai plus de famille.

Jang-un avait déjà deviné le lien qui unissait Obok et sa grande sœur, mais en entendant son ami lui en parler ainsi, il se sentit en proie à des sentiments mêlés. D'un côté, il était soulagé de recevoir un soutien solide sur lequel il pourrait compter et, de l'autre, il éprouvait des regrets.

Tôt, le lendemain matin, une femme leur apporta un repas ainsi que quelques boulettes de riz pour le voyage du retour.

— C'est toi le petit frère de Deok ? demanda-t-elle. Comme tu es beau ! Ça doit te briser le cœur de voir ta grande sœur travailler comme servante.

Le visage de Jang-un se crispa. La femme poursuivit son bavardage :

— La vieille dame est très exigeante, et Deok n'a jamais un moment à elle.

Jang-un faillit s'étrangler sur une bouchée de riz. Obok ne broncha pas. Il continua de manger. Quand ils eurent terminé leur repas, les deux garçons sortirent dans le jardin et se mirent à faire les cent pas en attendant Deok. La jeune fille les rejoignit enfin et glissa plusieurs paires de chaussettes dans le baluchon de Jang-un.

— Je les ai confectionnées avec des restes de tissu.

Elle en donna une paire à Obok.

— C'est pour moi ? demanda Obok, le visage rayonnant de joie.

— N'oublie pas les offrandes pour notre mère, recommanda Deok en pleurant. Et dis à notre père que je suis en bonne santé.

Jang-un prit les mains rêches de Deok dans les siennes.
— Patiente encore un peu, Grande Sœur. Quand j'aurai gagné de l'argent, je reviendrai te chercher, tu peux compter sur moi !

Et pour ne pas éclater en sanglots, il se martela la poitrine.

Sur le chemin du retour, il acheta un merlan séché et une bouteille d'alcool. Cela ne ferait certes pas une offrande bien riche, mais Jang-un s'estimait déjà heureux de pouvoir en faire une.

Son père l'attendait à côté de l'arbre sacré à l'entrée du village.

— Comment êtes-vous arrivé jusqu'ici ? lui demanda Jang-un.

— Est-ce que Deok va bien ? A-t-elle bonne mine ?

— Elle se porte très bien, Père. Vous n'avez pas à vous inquiéter.

— Tu es sûr qu'elle ne se surmène pas ?

— Oui, Père.

— Ma pauvre fille !

Jang-un raconta ses retrouvailles avec sa grande sœur. En écoutant son récit, le père riait et pleurait tout à la fois. Lorsque Jang-un lui remit les chaussettes, il sanglota de plus belle.

L'hiver passa. Comme le temps se réchauffait, les arbres commençaient à bourgeonner et les plantes sauvages à pointer le bout de leur nez. En coupant son bois, Jang-un cueillait souvent de jeunes pousses d'angélique de Chine, de fougère et de *chuinamul* qu'il rapportait à la maison pour les cuisiner. Son père allait beaucoup mieux, on aurait dit qu'il profitait du regain d'énergie de la nature.

Même les pierres gelées recommençaient à respirer et, du coup, les ouvriers du chantier avaient de plus en plus de travail. Jang-un taillait la pierre avec tellement d'ardeur qu'il transpirait à grosses gouttes malgré la fraîcheur de l'air. Il maniait sa massette avec plus de détermination que jamais.

Un jour, alors qu'avec Gabchul il sculptait des fleurs de prunier sur le socle d'une lanterne de pierre pour un jardin, Tache-de-Vin leur lança :

— C'est pour vos latrines, ce socle ?

Et avant qu'ils aient eu le temps de répondre, il passa son chemin.

— Il n'est jamais content ! se lamenta Gabchul en rejetant son outil. Je me demande si on recevra un jour des compliments de sa part !

— Il est vrai que notre travail n'est pas aussi délicat que celui des autres ouvriers, reconnut Jang-un. Pourtant, nous avons fait de notre mieux.

— C'est parce que nous n'avons pas mangé assez de soupe !

— Tu sautes souvent des repas, toi aussi ?

— Qu'est-ce que tu racontes ?

— Moi, ça m'arrive tellement souvent que j'ai beaucoup de retard à rattraper.

— Et tu en es fier ?

— Hi hi hi !

Un homme, au visage grêlé, qu'on surnommait Gombo, intervint alors :

— Pour bien égaliser une surface, il faut prendre tout son temps et effleurer à peine la pierre. C'est pareil pour creuser un trou circulaire.

Gabchul reprit sa massette et s'en tapota la paume de la main.

— Moi, ça m'agace ce genre de travail minutieux, rétorqua-t-il.

— Si tu n'y arrives pas, tu ne seras jamais un bon artisan, dit Gombo avec un sourire, avant de repartir.

— Effleurer à peine la pierre, répéta Jang-un tout bas en hochant la tête.

ㅊ

CHAPITRE 10

Qui était-il donc, ce gentilhomme ?

En quelques mois, Jang-un fit d'énormes progrès. Il avait déjà acquis le niveau nécessaire pour pouvoir assister Pandol. Le vent automnal rafraîchissait l'air, rendant les températures agréables, aussi bien pour tailler la pierre que pour couper du bois.

Un jour, avant même que Jang-un n'ait déchargé son fagot chez Maître Yun, un serviteur de la maison le tira par le bras et l'entraîna dans la pièce principale où Maître Yun et son épouse, assis devant un paravent, l'attendaient. Jang-un était déjà entré dans la chambre d'invités d'une maison noble, mais jamais encore dans la pièce principale.

— Assieds-toi ! dit Dame Yun.

Jang-un s'agenouilla après s'être prosterné devant le couple. Relevant légèrement la tête, il aperçut un meuble à trois étages et une écritoire sur laquelle trônait son crapaud porte-bonheur sur un petit coussin. Les yeux de Dame Yun suivirent son regard. Elle sourit.

— Je me sens en sécurité, avec ce crapaud chez moi, dit-elle.

Écarlate, Jang-un lui rendit son sourire. Maître Yun lui donna une feuille de papier et un pinceau et dit :

— Peux-tu tracer quelques-uns des caractères que tu m'as montrés, il y a quelque temps ?

— Comment ?

— Tu sais, cet alphabet que tu connais.

Jang-un cligna des yeux, déconcerté. Puis il traça quelques lettres sur le papier.

— C'est incroyable ! Qui te les a apprises ?

— C'est un grand-père que j'ai rencontré sur la montagne.

— Sais-tu comment il s'appelle et où il habite ?

— Je crois qu'il venait de Hanyang, mais...

— Quand cela s'est-il passé ?

— Euh... l'année dernière ? Non, l'année d'avant, plutôt. Oui, c'était à la fin de l'été, il y a deux ans.

— Il y a deux ans... à la fin de l'été... C'est l'époque où le roi est venu se reposer au village de Chojeong. Se pourrait-il qu'il s'agisse de l'un des courtisans qui l'ont accompagné ?

— Vous avez raison, approuva Dame Yun en comptant sur ses doigts. Le roi est venu pour la première fois au mois de mars puis, de nouveau, au moment de la lune intercalaire après la septième lune.

— Pourquoi me demandez-vous tout ça ? voulut savoir Jang-un interloqué.

— Le roi a décrété que tout le monde devait désormais se servir de l'alphabet qu'il a créé, exactement le même que le tien.

— Comment ? C'est le roi qui a inventé ces lettres ?

— Exactement. L'homme qui te les a montrées doit être un proche du roi.

— Le grand-père m'a expliqué que cet alphabet était destiné à tout le monde. Il avait raison, alors ?

— Je ne sais pas. Il paraît que les ministres y étaient très opposés, mais le roi a insisté et a fini par l'imposer par décret.

— Pourquoi étaient-ils opposés ?

— C'est un peu compliqué. Depuis toujours, ils utilisent l'écriture chinoise qui, pour eux, est la seule véritable...

— Pourtant, c'est un alphabet très facile à apprendre. Grâce à lui, ma grande sœur et moi pouvons échanger des messages.

— Vous vous écrivez ? s'étonna Dame Yun.

— Oui, avec ces lettres, on peut représenter par écrit tout ce qu'on dit.

Jang-un sortit de sa veste une lettre de sa grande sœur qu'il portait toujours sur lui et la tendit à Dame Yun. Elle l'examina un long moment avant de la lui rendre.

— Tu peux me la lire ?

Jang-un posa la feuille par terre et se mit à déchiffrer en désignant chaque mot du doigt.

— C'est tout à fait comme si ta sœur te parlait, remarqua Dame Yun. Ça n'a rien à voir avec les idéogrammes chinois.

Jang-un entreprit d'expliquer comment il suffisait d'assembler des lettres pour composer les mots.

— C'est si facile que n'importe qui serait capable d'apprendre, conclut Dame Yun. Ça permet d'écrire plus aisément tout ce qu'on veut exprimer.

Dame Yun posa d'autres questions à Jang-un pendant que Maître Yun s'absorbait dans ses réflexions en regardant la lettre de Deok. Quelques instants plus tard, Jang-un s'inclina et prit congé.

Tout en cheminant, il se rappela le grand-père aux yeux de lapin, son visage si bienveillant, les rides qui se creusaient autour de ses yeux quand il souriait, son rire joyeux quand Jang-un lui avait montré ses premiers essais d'écriture. Tout à coup, le vieil homme lui manqua. Qu'était-il devenu ?

« Qui était-il donc, ce gentilhomme ? »

Tôt le lendemain matin, sa hotte sur le dos, Jang-un se rendit au pavillon. Mais celui-ci était désert. La lettre qu'il avait coincée sous une pierre était toute fripée par l'humidité et le soleil. Jang-un la remplaça par une autre feuille.

할아버지는 누구십니까? 이 글자가 나라님이 만든 새 글자라 들었습니다.

(Qui êtes-vous, Grand-père ? J'ai appris que l'alphabet que vous m'avez enseigné avait été inventé par le roi.)

Assis sur le plancher du pavillon, Jang-un regarda les vastes champs en contrebas briller sous les rayons obliques du soleil. Il crut entendre la voix du grand-père :

« Des soucis... oh, oui, j'en ai des montagnes. »

« Cela a-t-il été aussi facile pour elle que pour toi ? »

« Ta sœur et toi venez de m'aider à me libérer de l'une de mes plus grosses préoccupations. »

En revoyant la joie du vieil homme, Jang-un sourit.

— Où êtes-vous, Grand-père ? Pourquoi ne venez-vous plus ?

Jang-un demeura longtemps plongé dans ses pensées. Puis, brusquement, il se rappela Sang-su et la grimace de mécontentement qu'il ne manquerait pas de lui décocher s'il arrivait en retard. Il dégringola le sentier.

Le soir venu, Nan et Obok revinrent chez Jang-un pour leur leçon d'écriture.

— Ces lettres ont été inventées par le roi, leur annonça Jang-un.

— Quoi ? s'exclama Nan, stupéfaite.

— C'est Maître Yun qui me l'a dit. Le roi a décrété que tous ses sujets devaient les utiliser.

— Et comment se fait-il que tu les aies apprises avant tout le monde ? s'étonna Nan, curieuse. Qui est ce grand-père dont tu nous as parlé ?

— J'aimerais bien le savoir !

Obok réfléchit un instant et hasarda :

— À mon avis, ce vieil homme est un proche du roi. Sinon, comment pouvait-il les connaître avant que le décret soit passé ?

Alors qu'ils lisaient ensemble ce qu'avait écrit Obok, Jang-un eut du mal à calmer son excitation.

— Rien que de penser que nous avons été les premiers à apprendre cet alphabet, dit Nan en se tapotant la poitrine, j'en ai le cœur qui bat plus vite.

— Moi aussi, ajouta Obok. Nous sommes des privilégiés.

Pendant la pause du déjeuner, Jang-un repensa au grand-père, tout en grattant la terre avec son bâton. Il se rendit compte tout à coup qu'il était en train d'écrire.

— Qu'est-ce que tu fais ? demanda Gabchul en secouant son mouchoir.

Il vint s'asseoir en face de Jang-un.

— Qu'est-ce que c'est ?

— Des lettres.

— Des lettres ? Tu sais écrire ?

— Il s'agit d'une nouvelle forme d'écriture.

— Tu veux parler de ce que le gouvernement vient d'inventer ?

— Tout juste ! Veux-tu l'apprendre ?

— Pour quoi faire ? répliqua Gabchul avec un petit rire. Les gens comme nous n'en ont pas besoin.

— Il paraît que le roi a créé cet alphabet pour tout le monde. Il n'y a rien de plus facile à utiliser. Regarde ! Je dessine un trait puis un autre, et ça donne 다 « da ». Si je remplace le deuxième trait par celui-ci, ça fait 도 « do ».

Sous le regard curieux de Gabchul, Jang-un traça plusieurs traits sur le sol.

— Ma foi, ça n'a pas l'air très difficile, remarqua ce dernier.

Par la suite, Jang-un profita de chaque pause pour apprendre à écrire à son camarade qui considérait l'exercice comme un jeu. À tour de rôle, ils écrivaient et lisaient.

— Qu'est-ce que vous faites, tous les deux ? demanda un jour Gombo. Vous jouez avec de la terre, comme les petiots ?

— Nous nous exerçons à la nouvelle façon d'écrire.

— Tiens donc ? fit Gombo, le regard rivé sur le sol. Tu la connais, toi ?

— Vous devriez essayer, suggéra Gabchul en invitant Gombo à s'asseoir. Vous allez voir, c'est amusant !

Gombo secoua la tête.

— Apprendre à lire ? Moi ? Que veux-tu que j'en fasse ? Je ne passerai jamais les concours de fonctionnaires.

— Vous parlez de l'alphabet avec lequel on peut écrire les mots comme on les prononce ? intervint Pandol qui s'approchait à son tour.

— Oui, répondit Jang-un. Regardez, je vais vous montrer.

돌 , 망치 , 정 , 물 , 술

(pierre, massette, ciseau, eau, alcool)

Pendant que Jang-un écrivait en prononçant chaque mot, tous les ouvriers du chantier, même ceux qui ne lui avaient jusque-là pas prêté la moindre attention, rejoignirent le petit groupe. L'un après l'autre, ils se mirent à tracer des lettres sur le sol. Sang-su ne leur accorda pas un regard.

Lorsque Jang-un arriva chez le vieil herboriste pour livrer son fagot, il ne vit pas Nan. Il déposa son chargement à l'endroit habituel. La voix du vieil homme retentit soudain derrière lui :

— Mets-le plutôt là-bas !

Surpris, Jang-un resta un instant indécis.

— Il paraît que tu sais écrire, reprit l'herboriste. Tss tss tss ! Où va le monde si même la populace se mêle d'apprendre à écrire ?

Le mot « populace » choqua Jang-un, mais il réprima sa colère. Sans un mot, il porta son fagot à l'endroit désigné par le vieillard.

C'est alors que Nan entra dans la cour, portant sur sa tête une cruche de terre pleine d'eau.

— Ah, te voilà, Jang-un !

— Hum hum ! toussota le vieil herboriste.

Sans lâcher sa pipe, il mit les mains derrière son dos et quitta la cour.

Faisant mine de ne pas avoir vu Nan, Jang-un s'appliqua à redresser son fagot. Puis il reprit sa hotte vide et s'en alla.

— Jang-un ! appela Nan. Tu veux un peu de galette ?

— Non, merci.

Ce qu'il aurait voulu lui dire, en réalité, c'était que quelqu'un de la populace comme lui ne pouvait se permettre de manger des galettes avec une fille comme elle.

Mais de telles paroles, il les ravala.

Il rentra chez lui d'un pas lourd.

« Quelle tête de mule ! se reprocha-t-il intérieurement. Pourquoi ai-je réagi ainsi ? Ce n'est pourtant pas la première fois que le vieux me traite de cette façon. »

Il se frappa la poitrine de ses poings.

Dès le souper terminé, il guetta l'arrivée de Nan.

ㅋ

CHAPITRE 11

Un chantier à Hanyang

En arrivant au travail, Jang-un trouva le chantier en pleine effervescence. Tout en frottant ses oreilles frigorifiées par le vent glacial, il regarda autour de lui. Dans un coin, Tache-de-Vin réfléchissait, les bras croisés sur sa poitrine.

— Que se passe-t-il, Grand Frère Gabchul ? demanda Jang-un.

— Tu sais que la reine est décédée au printemps dernier ?

— Oui, et alors ?

— Le gouvernement a décidé de faire bâtir un temple à sa mémoire, près du palais royal. Et il paraît que plusieurs d'entre nous vont être embauchés pour participer à la construction.

— Près du palais royal ? Tache-de-Vin va y aller ?

— Bien sûr ! Il a été chargé d'une partie de l'ouvrage. Il va emmener plusieurs artisans avec lui.

« Un temple à la mémoire de la reine, près du palais royal ! »

Jang-un éprouva brusquement un désir irrésistible d'être du voyage. Qui sait, peut-être même pourrait-il retrouver le grand-père aux yeux de lapin à Hanyang ?

Il s'empressa d'aller trouver Tache-de-Vin.

— Est-ce vrai que vous allez travailler à Hanyang ?

Le maître artisan hocha la tête.

— Je peux venir avec vous ?

— Ça te ferait plaisir ?

— Oh oui ! Là-bas, vous aurez sûrement besoin d'un commis pour se charger de toutes les corvées.

— Tu as sans doute raison. Mais cette fois, il n'est pas question de simplement tailler des pierres. Il s'agit d'une mission de la plus haute importance. Il va falloir concevoir et réaliser toute l'ornementation extérieure de l'édifice. Travailler sur un projet d'aussi grande envergure est une expérience très enrichissante. Et en plus, c'est bien payé.

Tache-de-Vin n'avait jamais prononcé autant de paroles à la fois. Son enthousiasme pour le projet était perceptible.

— Emmenez-moi, s'il vous plaît ! implora Jang-un.

— Tu devras t'absenter pendant longtemps.

— Combien de temps ?

— Cinq à six mois, je pense. Peut-être plus.

Jang-un sentit tout à coup ses forces l'abandonner. Il lui était impossible de laisser son père seul aussi longtemps.

« Si seulement ma grande sœur était là !... »

— Prends le temps d'y réfléchir, conseilla Tache-de-Vin.

Et sur ces mots, il se dirigea vers l'atelier.

Toute la journée, Jang-un se creusa la cervelle pour trouver une solution.

Aller travailler à Hanyang lui fournirait une opportunité unique d'apprendre son métier. Et si, en plus, cela lui permettait de gagner un peu d'argent, il pourrait aller chercher sa grande sœur plus tôt qu'il ne l'avait espéré. Et peut-être même aurait-il l'occasion de rencontrer le grand-père aux yeux de lapin. Il devait forcément y avoir un moyen de réaliser tout cela.

De retour à la maison, il trouva son père déjà couché.

— Vous ne vous sentez pas bien, Père ? demanda-t-il très inquiet.

— Non, ça va. Mais je me suis fait un peu mal au dos en tressant des chaussures de paille.

— Vous n'auriez pas dû vous surmener ! Vous n'avez même pas de force dans le poignet gauche !

— Regarde ! répliqua le père en désignant une paire de chaussures de paille accrochée au mur. Qu'en dis-tu ? Pas mal, non ?

Jang-un examina les chaussures. Son père avait raison, la confection en était plutôt soignée.

Depuis quelque temps, dès qu'il retrouvait un peu de force dans son poignet, son père s'évertuait à fabriquer des chaussures de paille. Au début, il lui avait fallu toute une journée pour tresser une seule paire, et encore, des chaussures très grossières ! Mais celles d'aujourd'hui étaient à peu près correctes.

— Vous avez fait du beau travail, remarqua Jang-un. Mais essayez quand même d'y aller plus doucement. Je ne voudrais pas que vous vous abîmiez encore le dos et le poignet.

— Ne t'inquiète pas, tout ira bien.

En examinant de plus près les chaussures, Jang-un s'aperçut que son père ne s'était servi que de sa seule main valide. Ce qui tendait à prouver que son poignet gauche le faisait encore souffrir.

Jang-un prépara rapidement le souper. Puis il mit à brûler assez de bois dans le foyer pour bien chauffer la chambre.

Une fois couché, Jang-un eut beau retourner le problème dans tous les sens, force lui fut d'admettre qu'il lui serait difficile d'aller à Hanyang. Il ne pourrait s'empêcher de se faire du mauvais sang de savoir son père seul, quand celui-ci était si souvent malade. C'était fort dommage, mais il devait renoncer. Il n'avait pas le choix.

« Tant pis, il y aura d'autres occasions. »

Il se retourna sur sa couche et attendit le sommeil.

Sur le chantier, tout le monde s'affairait à terminer les travaux en cours avant le départ pour Hanyang.

Jang-un apprit que la moitié des artisans allaient partir pour la capitale. Alors, il se concentra sur son travail pour ne pas avoir à se mêler aux bavardages qui allaient bon train.

Pendant la pause, alors qu'il dessinait des traits sur le sol avec son bâton, Gabchul vint s'asseoir à côté de lui et dit :

— J'aurais aimé que tu viennes avec nous, Jang-tol. Quel dommage !

— Ce sera pour une autre fois.

— Tu as raison. Après tout, tu es encore jeune.

— C'est la première fois que tu vas à Hanyang ?

— Oui. Tous les hommes devraient y aller au moins une fois dans leur vie.

Les ouvriers commencèrent à se rassembler autour de Jang-un. Celui-ci écrivit sur le sol le mot « Hanyang ».

— Aujourd'hui, je vais vous apprendre à écrire des mots qui ont un rapport avec Hanyang.

— Bonne idée !

한양에 가자.

임금님이 사신다.

(Allons à Hanyang.)

(Le roi y habite.)

Les ouvriers essayèrent d'abord de déchiffrer, puis d'écrire à leur tour en copiant sur Jang-un.

Tache-de-Vin s'approcha et observa la scène pendant un long moment.

Quand Jang-un rentra à la maison, Nan était en train de préparer le souper. Obok était là aussi.

— Que fais-tu ici, Nan ? Tu ne devrais pas plutôt être chez toi, à cette heure-ci ?

— Mon grand-père est sorti.

— Et moi, tu ne me vois pas ? fit semblant de s'indigner Obok.

— Toi, tu viens tout le temps, je n'y fais même plus attention !

— Regardez-moi ce petit garnement ! Tu devrais te montrer plus gentil avec moi.

— Pourquoi ? Ce serait plutôt le contraire.

— Ça m'étonnerait !

— Venez manger ! les pressa Nan. La soupe va refroidir.

Le père se servit le premier. Jang-un était heureux de voir autant de monde autour de la table bien garnie. Ce soir-là, il y avait deux plats qu'il leur arrivait rarement de déguster : de la soupe de taro et des racines de campanule macérées. Le père mangeait en silence.

— Votre dos va mieux ? lui demanda Jang-un.

— Oui, très bien.

— Tant mieux. Mais faites attention de ne plus vous faire mal.

Le repas terminé, Jang-un sortit dans la cuisine pour laver la vaisselle. Nan essuya les bols et les rangea sur l'étagère.

Lorsque Jang-un rentra dans la chambre, son père tapota le sol à côté de lui et dit :

— Viens t'asseoir près de moi.

Obok et Nan s'installèrent côte à côte. Jang-un se demanda ce qui se tramait.

— Je veux que tu ailles à Hanyang, mon fils ! dit le père.

— Comment ?

— Je te dis de partir pour Hanyang.

— Mais, Père, comment savez-vous que...

— Tache-de-Vin est passé me voir aujourd'hui.

— Vraiment ?

— Il est venu pour se rendre compte de notre situation. Je lui en suis très reconnaissant.

Jang-un comprit enfin pourquoi Tache-de-Vin s'était absenté après la pause du repas.

— Il a dit que c'était une occasion inespérée pour toi, reprit le père. Quand tu rentreras, tu seras reconnu comme tailleur de pierre à part entière. Tache-de-Vin te trouve très adroit de tes mains et pense que tu lui serais utile sur ce chantier. Il voudrait t'emmener. En l'entendant parler ainsi de toi, j'ai été très fier. Nous ne devrons jamais oublier ce qu'il a fait pour toi.

Ses yeux se remplirent de larmes.

— Tache-de-Vin vous a dit tout ça ? Vraiment ? fit Jang-un tout content.

Le maître artisan avait, en effet, la réputation de ne jamais faire de compliments à ses ouvriers.

— Je l'ai entendu, confirma Obok. Tu vois, tu n'es pas si bête que ça, finalement ! ajouta-t-il en tirant les oreilles de Jang-un.

Nan éclata de rire. Jang-un secoua la tête.

— Mais je ne pourrai jamais...

Obok posa la main sur son épaule et dit :

— Ton patron m'a demandé où se trouvait ta maison. Alors je l'ai accompagné jusque chez toi et j'ai écouté sa conversation avec ton père.

Puis il ajouta d'un ton ferme :

— J'en ai discuté avec Nan et nous avons décidé de prendre soin de ton père. Tu peux aller à Hanyang sans inquiétude.

— Mais tu n'auras pas la possibilité de venir tous les jours !

— Ton père arrive à sortir tout seul de la maison, maintenant. Il s'occupe même du potager et tresse des cordes de paille. Je dormirai ici toutes les nuits. Et pendant la journée, je reviendrai de temps en temps pour puiser de l'eau et lui préparer ses repas.

— Non, c'est inutile. Une autre occasion se présentera, quand ma grande sœur sera rentrée.

— Les aubaines comme celle-là sont rares. Tu dois en profiter pour apprendre ton métier et acquérir de l'expérience. Et puis, Nan sera là pour nous aider.

— Il a raison, Jang-un, approuva celle-ci. Ce n'est qu'une affaire de cinq ou six mois. Ne refuse pas notre offre.

Jang-un se sentait à la fois gêné et débordant de gratitude.

— Ne te tracasse pas pour moi, ajouta son père. Avec l'aide d'Obok et de Nan, j'arriverai à me débrouiller. Ça m'embête un peu pour eux, mais Tache-de-Vin insiste. Tu dois donc y aller, ne serait-ce que pour leur témoigner ta reconnaissance.

Obok tapota l'épaule de son ami.

— Mais il est bien entendu que je ne fais pas ça pour rien, plaisanta-t-il pour le mettre à l'aise. Plus tard, tu graveras des pierres tombales pour mes parents.

— Merci Grand Frère !...

Les yeux pleins de larmes, Jang-un ne put poursuivre. Nan le gratifia d'un grand sourire. Le visage écarlate, il essuya ses larmes de ses poings.

C'était jour de repos pour les ouvriers du chantier. Comme Jang-un livrait un fagot chez Maître Yun, Dame Yun en profita pour lui demander encore une leçon d'écriture.

En regagnant son logis, il éprouva une immense fierté : Dame Yun faisait des progrès remarquables. Il avait l'impression de sentir encore le parfum qui flottait dans la chambre de la dame. Il ne put réprimer un rire de bonheur.

Alors qu'il cheminait sur une levée de terre entre deux rizières, il vit Sang-su venir à sa rencontre, un filet volumineux sur l'épaule.

— Je te trouve bien excité depuis quelque temps, ironisa Sang-su. Ce sont tes leçons d'écriture qui te mettent dans cet état ?

Craignant que Sang-su ne lui cherche encore des noises, Jang-un rentra la tête dans les épaules.

— Pas la peine de faire le fier ! reprit Sang-su. Tu t'imagines peut-être que tu sais lire et écrire, mais tu n'es qu'un esclave ! L'écriture n'est pas pour toi, elle est réservée aux nobles et aux gens comme moi, en tout cas, pas à la populace.

— Cette écriture a été inventée pour tout le monde, rétorqua Jang-un.

— Mais personne n'en veut !

— Dame Yun l'apprécie beaucoup.

— Simple curiosité ! La véritable écriture se doit d'être difficile et exigeante, comme les caractères chinois. Si tout le monde sait l'utiliser, elle n'a plus aucune valeur.

— Ce serait une bonne chose que le peuple sache écrire.

— Mais, dans ce cas, il n'y aurait plus de différence entre les nobles et les gens du commun ! Tu verras, les nobles n'accepteront jamais ton alphabet. Ils n'en ont pas besoin. Pourquoi veux-tu qu'ils apprennent quelque chose qui n'a aucune valeur à leurs yeux ?

Jang-un ne répondit pas. Il reprit sa marche.

— Tu prétends enseigner aux autres ? insista Sang-su. Mais pour qui te prends-tu ? N'oublie pas d'où tu viens !

Jang-un s'arrêta net. Essayant de refouler sa colère, il inspira profondément.

— Qu'est-ce qu'il y a ? Je me trompe, peut-être ? Rappelle-toi qu'on n'échappe pas à ses origines.

Sang-su insistait tout le temps sur le mot « origines ».

Il laissa échapper un ricanement et poursuivit son chemin. Tremblant de rage, Jang-un serra les poings.

— Je ne suis pas un esclave ! cria-t-il derrière son dos.

Il donna un coup de pied dans un caillou qui vint frapper Sang-su à la cuisse. Celui-ci tourna brusquement la tête et, comme s'il n'avait attendu que cette occasion, se rua sur Jang-un et le martela de coups de poing. Jang-un profita aussitôt de l'occasion pour expulser sa propre fureur. Hélas, son adversaire mesurait une bonne tête de plus que lui. Jang-un ne faisait pas le poids.

— Il paraît que tu as même demandé à partir pour Hanyang ! haleta Sang-su. Quel culot ! Tu n'as pas froid aux yeux pour un esclave !

Il cognait de toutes ses forces sur le garçon. Toutefois, malgré ses lèvres éclatées et son nez en sang, Jang-un ne cédait pas d'un pouce. Quand il tombait, il se relevait aussitôt pour se jeter de nouveau sur son assaillant. Avec tout son corps, il exprimait ce qu'il ne pouvait extérioriser par les mots.

— Quel teigneux ! cracha Sang-su, le nez ensanglanté.

Effrayé par l'acharnement que Jang-un mettait à se défendre, il capitula. Hors d'haleine, il recula de quelques pas. Jang-un s'effondra par terre, bras et jambes écartés, et essaya de reprendre son souffle. Il avait mal partout, mais il se sentait délivré d'un grand poids.

Le soir venu, Nan vint le voir. Jang-un était assis sur le *maru*, l'air accablé.

— J'ai entendu dire que tu t'étais battu, dit Nan. Tu n'as rien, j'espère ?

Jang-un ne répondit pas.

— Qu'est-ce qui t'a pris de lui rendre ses coups comme ça ?

Adossé au mur, Jang-un se contenta de tapoter le plancher du *maru*, sans un mot. Nan vint s'asseoir près de lui, jambes pendantes. Elle aussi appartenait à la classe des « gens du milieu », entre les nobles et le petit peuple. Jang-un revit le rictus du vieil herboriste.

« À quoi ça sert de faire des différences entre les gens du milieu, les gens du commun... ? »

Jang-un lança un regard contrarié vers Nan puis se tourna vers le portail de branchages.

— Ne t'inquiète pas pour ton père, dit Nan pour essayer de lui remonter le moral. Je viendrai souvent le voir. Occupe-toi seulement de bien apprendre ton métier et de prendre soin de ta santé.

— Je suis sûr que ton grand-père sera très content, railla Jang-un.

Il savait que Nan n'avait rien à voir avec toutes ces histoires d'origines sociales, mais il ne pouvait s'empêcher de passer sa mauvaise humeur sur elle.

— Arrête de faire la tête ! dit Nan avec un sourire taquin.

Jang-un se radoucit un peu et finit par laisser échapper un petit rire.

— Mon grand-père, je m'en charge, continua Nan.

— Il est têtu comme un âne, tu le sais bien…

Nan déplia un carré de papier contenant une poudre blanche.

— Tiens, ça aidera tes blessures à se cicatriser.

— Pas la peine, ça va très bien.

— Tu veux que je le fasse ? Approche-toi.

Nan alla chercher une serviette mouillée pour nettoyer les plaies qu'elle recouvrit ensuite de poudre. Jang-un se laissa faire. Il se sentait déjà beaucoup mieux.

— Tu sais, moi… commença Nan, hésitante.

— Oui, quoi ?

— J'étudie les plantes médicinales. Je veux devenir médecin.

Éberlué, Jang-un se redressa d'un seul coup.

— Médecin ? Vraiment ?

Nan hocha la tête d'un air décidé.

— Je vais d'abord apprendre les bases avec mon grand-père, et l'année prochaine j'irai étudier auprès d'un vrai médecin. Ce ne sera pas facile, mais je travaillerai dur.

— Je suis sûr que tu y arriveras.

— Pour l'instant, j'apprends les caractères chinois, mais c'est très difficile et je n'en connais pas assez. Alors, pour consigner par écrit les principes de préparation et d'utilisation des remèdes, je vais utiliser le nouveau système d'écriture. Comme toi avec tes notes.

— C'est vrai, avec tout ce que tu as écrit jusqu'à présent sur les herbes médicinales, tu pourrais déjà en faire un livre.

Jang-un imagina Nan en train de prescrire des remèdes, assise dans une chambre au plafond de laquelle sécheraient des bouquets de plantes médicinales.

Il la regarda dans les yeux.

— Tu seras un bon médecin, énonça-t-il d'une voix empreinte de sincérité, je n'en ai aucun doute.

— Et toi, tu seras un excellent tailleur de pierre.

Sur quoi, Nan sortit quelque chose de son baluchon.

— Tiens, ça pourrait t'être utile quand tu seras à Hanyang.

C'était un petit paquet de feuilles de papier reliées, choses très rares à l'époque. Ému, Jang-un leva les yeux vers Nan.

— Ce n'est rien, dit-elle. Je me suis dit que tu aurais beaucoup de choses à écrire.

Elle lui tendit un autre paquet contenant plusieurs sachets d'herbes médicinales ainsi que quelques feuilles de papier couvertes de notes.

— Prends ça aussi, dit-elle. Pour le cas où tu aurais mal au ventre, ou si jamais tu te blessais. Je t'ai marqué comment les préparer.

— On croirait entendre un vrai médecin !

— Tu trouves ?

Ils éclatèrent de rire en chœur. Jang-un sentit un nœud se défaire dans sa poitrine.

Une fois Nan repartie, Jang-un entra dans la chambre. Son père était assis par terre, adossé contre le mur. Il avait dû entendre leur conversation, son visage trahissait l'inquiétude, peut-être au sujet de leur relation. Écarlate, Jang-un s'empara du balai et s'activa à nettoyer le sol.

Le lendemain, lorsque Jang-un croisa Sang-su sur le chantier, il le salua comme si de rien n'était. L'ouvrier détourna la tête. Quand, un peu plus tard dans la journée, Jang-un lui offrit un bol d'eau, il le prit sans un mot. Le garçon décida alors de crever l'abcès.

— Je m'excuse pour hier, Grand Frère, dit-il.

Sang-su fit mine de ne pas l'avoir entendu.

« Heureusement qu'il ne me crie pas dessus ! » se félicita Jang-un en s'installant pour travailler.

Jang-un profita du temps qui lui restait avant le départ pour Hanyang pour couper un maximum de bois.

Un jour, il s'arrêta en chemin sur la tombe de sa mère.

— Mère, je vais bientôt aller à Hanyang.

Près de la sépulture gisait une grosse pierre de la taille d'un enfant. Chaque fois qu'il passait par là, Jang-un s'arrêtait pour la contempler longuement. Il avait envie d'y sculpter un lion pour protéger sa mère.

— Je le ferai dès mon retour, promit-il.

Dans le pavillon, il cacha sous une pierre un message annonçant son départ pour la capitale. Il avait déjà confié une lettre pour Deok à l'oncle Bong-gu.

Maître Yun lui donna une généreuse quantité de céréales en guise de paiement anticipé pour son bois. Ainsi le père de Jang-un ne manquerait-il pas de nourriture.

Le jour du départ, son père lui donna dix paires de chaussures de paille. Pour tresser chacune d'entre elles, il avait dû mettre une journée entière. À cette idée, Jang-un se sentit tout ému.

E

CHAPITRE 12

L'école par terre

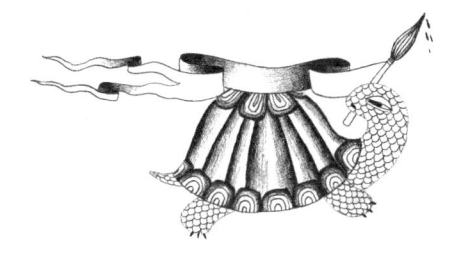

Les rues de Hanyang grouillaient de monde : belles dames en vêtements de soie, nobles à l'allure digne... Lorsque passait un palanquin porté par quatre hommes, la foule s'écartait en courbant l'échine. Étourdis, Jang-un et ses compagnons ne savaient où donner du regard.

« Je vais peut-être retrouver le grand-père aux yeux de lapin », songeait Jang-un en scrutant le visage de tous les nobles qu'il croisait.

Gabchul le tira par la manche.

— Regarde, ce doit être le palais royal, dit-il.

Devant leurs yeux s'étirait une longue et haute muraille. Des soldats, armés d'une lance, montaient la garde devant un immense portail. Sur la grand-place, un groupe d'hommes coiffés de *gat* exprimaient haut et fort leur mécontentement.

— On dirait des nobles, remarqua Jang-un. Que font-ils là ?

— Ils s'opposent à l'adoption du nouveau système d'écriture et refusent surtout qu'on l'impose aux candidats des concours de fonctionnaires, répondit un homme près de Jang-un sans le regarder.

— De quoi se plaignent-ils ?

— Ils craignent qu'en apprenant le nouvel alphabet, les lettrés ne négligent les caractères chinois.

— Qu'est-ce qui leur fait peur, au juste ?

— Je l'ignore. Mais je crois que même le roi aura du mal à vulgariser cette nouvelle écriture.

— Viens, Jang-tol ! dit Gabchul en prenant l'apprenti par le bras. Nous allons perdre les autres.

Les deux garçons coururent après leurs compagnons qui étaient déjà loin.

La charpente du temple avait été édifiée. Sur un côté du chantier, des blocs de pierre attendaient d'être taillés. Les charpentiers s'employaient à raboter des pièces de bois.

Les tailleurs de pierre de Hanyang avaient déjà accompli une bonne partie de leur travail. Des murs d'enceinte et des escaliers tout neufs brillaient sous le soleil.

Jang-un était fou de joie à l'idée de participer à un chantier aussi important. Son cœur cognait fort dans sa poitrine.

Tache-de-Vin et ses ouvriers étaient chargés de sculpter les lanternes, les lions protecteurs du temple et les motifs ornementaux pour les balustrades, toutes œuvres destinées à agrémenter le temple. Le maître artisan prit bientôt l'habitude de faire le tour de l'édifice en réfléchissant. Jang-un se vit confier la tâche d'aider les ouvriers et même de tailler certaines pierres.

— Nous allons installer une lanterne devant la salle principale du temple, lui dit un jour Tache-de-Vin. Prends cette pierre et commence la première ébauche.

Suivant les consignes de son maître, Jang-un s'attaqua d'abord à la partie supérieure du bloc de pierre. Une fois l'ébauche terminée, il la donna aux autres ouvriers pour qu'ils finissent de ciseler la lanterne.

« Quelle chance j'ai de contribuer à la construction d'un temple à la mémoire de la reine ! » se disait-il souvent.

Et rempli soudain de respect, il travaillait avec un zèle redoublé.

Il lui arrivait aussi de songer au rassemblement de lettrés qu'il avait vu devant le palais royal.

« Comme il doit être triste, le roi ! Sa reine est morte et, en plus, il a du mal à faire accepter son nouvel alphabet. »

Il secouait alors la tête pour chasser ces sombres pensées et se replongeait dans son travail.

À force de tailler des pierres en y mettant tout son cœur, il faisait de tels progrès que même lui s'en rendait compte.

— Tu travailles maintenant aussi bien qu'un artisan expérimenté, constata un jour Pandol en lui donnant une tape sur l'épaule.

Tous les ouvriers de Tache-de-Vin se donnaient à fond dans leur ouvrage. On aurait dit qu'ils ne faisaient qu'un avec la pierre. Les muscles du bras droit de Jang-un se développaient presque à vue d'œil. Ses épaules noircies par le soleil luisaient de sueur. Le soir venu, il était complètement éreinté. Mais quand il repensait aux formes qu'il avait fait naître sous ses coups de ciseau, il était heureux.

Chaque soir, sur le papier que lui avait donné Nan, il écrivait ce qu'il avait fait et appris dans la journée. Il relisait également ses notes.

— Qu'est-ce que c'est ? demanda un soir Gabchul en venant s'asseoir près de lui.

— Tu veux lire ?

— « Selon la grosseur de la pierre... », déchiffra Gabchul. C'est toi qui as écrit tout ça ? demanda-t-il en tournant quelques pages. Quelle bonne idée ! Comme ça, tu peux relire autant de fois que tu veux.

— Pourquoi tu ne ferais pas pareil ?

— Tu crois que j'en serais capable ? hésita Gabchul avant d'appeler Sang-su : Hé, viens voir !

— Laisse-moi tranquille, rétorqua ce dernier.

Sang-su referma son baluchon, le poussa dans un coin, puis sortit.

— Je ne sais pas où il va, comme ça, tous les soirs, grommela Gabchul.

Pendant la pause, Jang-un continua d'apprendre à écrire à Gabchul. Avec un bâton, il traça des mots sur le sol, que son camarade lut à haute voix.

돌이 단단하다.

나무가 푸르다.

사자를 다듬다.

바람이 차다.

(La pierre est solide.)

(L'arbre est vert.)

(Je sculpte un lion.)

(Le vent est froid.)

Un à un, les autres ouvriers se joignirent à eux.

— Hé, Maître ! appela Pandol qui venait de tracer un mot sur le sol. Viens voir si je ne me suis pas trompé.

— Maître ? répéta Jang-un en riant.

— Il a raison, intervint Gabchul en battant des mains. Nous sommes bien à l'école, non ? Même si on travaille par terre.

— C'est ma foi vrai ! s'esclaffèrent les ouvriers.

Quelques instants plus tard, plusieurs artisans de Hanyang s'approchèrent discrètement. Jang-un écrivit

quelque chose sur le sol et demanda à Pandol de le déchiffrer.
아저씨는 ... 돈벌어서 술 다 마시면 ...
(Oncle Pandol... Si vous dépensez tout votre argent pour boire...)
Pandol interrompit sa lecture.
— Qu'est-ce que ça veut dire ?
Ce fut Gabchul qui termina à sa place :
집에 못 돌아가요.
(... vous ne pourrez plus rentrer chez vous.)
Le soir, en effet, les artisans s'ennuyaient et se sentaient bien seuls loin de chez eux. Alors, ils sortaient ensemble pour boire ou faire un tour en ville. Ils ne tardaient pas ensuite à se retrouver sans un sou en poche.
Tous les ouvriers partirent d'un grand rire.
— Ma parole, il se moque de moi, ce mauvais garnement ! ronchonna Pandol sans méchanceté.
L'ouvrier avait encore le nez tout rouge de sa cuite de la veille. Il saisit Jang-un par les cheveux et le secoua.
— Mais, Oncle, vous ne pouvez pas traiter ainsi votre maître ! protesta le garçon.
Les rires fusèrent de plus belle.
— Quand je pense que des ignorants tels que nous sont capables de lire ! s'exclama soudain l'un des artisans de Hanyang en regardant ce qu'il venait d'écrire. C'est tout de même merveilleux, non ?
— Pourquoi les nobles s'opposent-ils à une écriture aussi simple ? demanda un autre.
— Ils estiment qu'elle est tout juste bonne pour les gens incultes.
— Seuls les nobles qui n'ont rien d'autre à faire peuvent se permettre d'apprendre les caractères chinois,

s'énerva Gombo. Nous autres, qui devons travailler toute la journée pour gagner notre vie, nous n'en avons pas le temps.

Tous l'approuvèrent d'un hochement de tête.

— Il a raison !

— Si, un jour, on écrit des livres avec ce nouvel alphabet, nous aussi, nous aurons la possibilité d'étudier.

— Bien sûr ! acquiesça Jang-un. Nous pourrons même lire les contrats de vente avant de les signer.

— À condition de pouvoir déjà acheter !

— Comme tu dis !

Leurs visages rayonnaient d'espoir. Jang-un se rappela le moment où il avait reçu la première missive de sa grande sœur. Comme lui, les ouvriers voyaient s'ouvrir devant eux un monde nouveau.

五

CHAPITRE 13

La vasque au lotus

Le temps se réchauffait de jour en jour. Les ouvrages des tailleurs de pierre commençaient à prendre forme. Depuis quelque temps, un gros bloc de pierre retenait l'attention de Jang-un. De sa forme arrondie émanait une impression de sérénité.

« Comme il a l'air paisible ! » songeait Jang-un chaque fois qu'il le voyait.

Après plusieurs jours de réflexion, une idée lui vint : il allait creuser une vasque et en sculpter les parois en forme de pétales de lotus. Il la remplirait avec l'eau du ruisseau qui coulait dans le bois tout proche.

Tout excité, Jang-un alla trouver Tache-de-Vin.

— Vous voulez bien me confier la grosse pierre, là-bas ? lui demanda-t-il.

Le maître artisan ne répondit pas. Il continua de travailler.

« Est-ce que j'ai été trop arrogant ? » s'inquiéta Jang-un, affreusement gêné.

Comme il hésitait à faire demi-tour, Tache-de-Vin lui demanda sans le regarder :

— Que veux-tu en faire ?

Jang-un expliqua de son mieux son projet. Le maître artisan interrompit sa besogne et contempla un instant l'apprenti.

— Très bien, elle est à toi !
— Vraiment ?

Jang-un, qui s'était attendu à toutes sortes d'objections, n'en revenait pas !

— Mais n'oublie pas que si tu commences un travail, tu dois le mener jusqu'au bout, lui rappela Tache-de-Vin.

— Je vous promets de faire tout mon possible.

Tache-de-Vin retourna à son ouvrage.

Jang-un fit un bond en l'air en poussant un cri de joie. Puis il courut voir Pandol. Celui-ci était occupé à ciseler des pétales de lotus sur les lanternes de pierre destinées, entre autres, à la cour du sanctuaire principal. Les fleurs étaient si délicates qu'on aurait dit qu'elles venaient de s'ouvrir sous ses doigts.

— Oncle Pandol ! s'écria Jang-un. Moi aussi, je vais sculpter une fleur de lotus !

L'ouvrier releva la tête et essuya la sueur de son front avec sa manche.

— Toi, Jang-un ? s'étonna-t-il.

— Oui, le maître m'en a donné la permission.

— Déjà ? Je te trouve bien audacieux ! Tu débutes à peine dans le métier !

Pandol interrogea du regard Tache-de-Vin qui, de loin, hocha la tête avant de se replonger dans son travail.

— Très bien, dit Pandol. Tâche de faire de ton mieux.

— Vous pouvez compter sur moi !

Jang-un brandit de nouveau le poing en l'air pour exprimer sa joie.

— Arrête ! s'écria Pandol. Tu vas faire un trou dans le ciel.

Jang-un se précipita vers Gabchul. Dégoulinant de sueur, son camarade travaillait sur les pattes antérieures d'un lion de pierre.

— Grand Frère ! Je vais sculpter une fleur de lotus. Tache-de-Vin me l'a permis.
— Il t'a déjà confié un travail ? Tu crois que tu en es capable ?
— Pour l'instant, je me sens un petit peu tourneboulé, mais j'ai confiance en moi.
— À mon avis, Tache-de-Vin veut te mettre à l'épreuve, intervint Gombo qui venait de surgir de derrière le lion de pierre.
— Que faites-vous là ? Vous vous cachez ?
— Ce n'est pas parce qu'on ne la verra pas qu'il faut négliger la queue du lion.

Jang-un contourna la statue et vit que la queue finement ciselée s'enroulait en une courbe parfaite sur l'arrière-train de l'animal. C'est alors qu'il croisa le regard de Sang-su qui mettait la dernière main à une tortue destinée à supporter une pierre tombale. Le jeune homme détourna la tête avec une moue de mécontentement. Le sourire de Jang-un s'effaça.

Se remémorant les fleurs de lotus qui flottaient dans le bassin de Maître Yun, Jang-un examina son bloc de pierre. Puis il entreprit de creuser la vasque. Il était si concentré qu'il ne fit pas attention à la sueur qui trempait ses vêtements. De temps en temps, il pensait à son père et à Nan. Et dans ces moments-là, il tapait sur son ciseau avec une ardeur renouvelée.

— Et les corvées, c'est moi qui vais les faire ? demanda Sang-su d'une voix mauvaise. Tu ne vois pas que tous les mouchoirs sont secs ?

Surpris, Jang-un releva la tête.

— Pardonne-moi, Grand Frère. J'ai complètement oublié. Je ne pensais qu'à mon travail.

— Ton travail ? Mais tout le monde travaille ici ! Tu crois peut-être que je vais aller puiser l'eau à ta place ?

— Non, ce n'est pas ce que je voulais dire... J'y vais tout de suite !

Jang-un s'empressa de collecter les mouchoirs que les artisans portaient autour du cou et les emporta au puits. Depuis qu'il avait commencé à façonner sa fleur de lotus, il arrivait souvent que les corvées retombent sur Sang-su, et Jang-un en éprouvait alors quelques remords. Au reste, dès leur première rencontre, et sans qu'il en connaisse la raison, les rapports entre les deux garçons avaient été tendus.

Une fois sa besogne accomplie, Jang-un retourna s'asseoir devant sa pierre. Il s'imagina qu'elle gardait enfermée en elle des pétales de lotus et qu'il n'avait plus qu'à les libérer. Il prit une profonde inspiration, les deux mains posées sur sa poitrine. Puis il se mit à tailler avec soin. Des pétales émergèrent peu à peu de la pierre. Sculpter une fleur était beaucoup plus difficile qu'il ne l'avait cru.

— Ne pense pas que tu sculptes simplement une fleur, lui avait dit un jour Pandol en le regardant dans les yeux. Tu dois croire qu'elle s'épanouit réellement entre tes doigts. Pour arriver à cela, il faut que tu te représentes ses pétales frémissants.

Quand l'artisan parlait ainsi, Jang-un avait l'impression de voir un autre Pandol.

Au souvenir de ses paroles, Jang-un ferma les yeux. Il s'efforça de visualiser une fleur de lotus s'élevant avec élégance au-dessus de l'eau.

« Ses pétales frémissants... »

Il eut alors soudain envie de voir de vrais lotus. Il alla trouver Tache-de-Vin dans la petite maison au toit de chaume où logeaient les maîtres artisans. Comme il s'en approchait, Jang-un entendit le moine qui dirigeait le chantier discuter avec un maître d'œuvre.

— Où en êtes-vous de la menuiserie ? demandait le moine. J'ai hâte de la voir peinte.

Jang-un n'osa pas entrer. De la pointe de sa chaussure, il écrivit sur le sol les mots « père » et « grande sœur », les effaça puis recommença.

— Qu'est-ce que tu fais là ? demanda Tache-de-Vin en sortant de la maisonnette.

— Euh... Pas loin d'ici, il y a un étang avec plein de fleurs de lotus. Est-ce que vous permettez que j'aille les voir ?

— Entendu, mais ne t'absente pas trop longtemps.

— Merci !

Après avoir traversé une route et longé une rizière, Jang-un parvint à l'étang. Il en fit le tour à pas lents. Puis il s'assit et contempla les fleurs dressées au bout de leur longue tige.

« Comme elles sont gracieuses ! » songea-t-il.

Les pétales se refermaient doucement à mesure que la lumière du soleil déclinait. Émerveillé, Jang-un les admira longuement. Il n'y avait pas un souffle de vent, et pourtant leurs courbes délicates semblaient animer les pétales d'une vie propre.

Tout cela, Jang-un le grava dans son esprit.

Sur la rive opposée, au pied d'une colline, se dressait un pavillon entouré de grands ormes. Des hommes y étaient assis sur le plancher. Se rappelant tout à coup le grand-père aux yeux de lapin, Jang-un, sans réfléchir, décida d'aller voir. Arrivé à quelque distance du bâtiment, il se cacha derrière un arbre et chercha le vieil homme des yeux. Il ne le vit pas.

Jang-un n'osa pas s'approcher davantage de peur de se faire réprimander. Au son de leurs voix, il devina que la conversation entre les hommes était houleuse. Il écouta attentivement.

— Le roi veut imposer le nouveau système d'écriture, non seulement pour les ouvrages manuscrits mais aussi pour les documents administratifs.

« Ils parlent encore de ça ? »

— Le roi perd beaucoup de temps à essayer de vulgariser son alphabet au lieu de gouverner.

— Je suis tout à fait de votre avis.

Bientôt, tout le monde se mit à parler en même temps. Il régna alors la plus totale confusion.

Jang-un s'éclipsa discrètement et regagna l'autre berge.

Lorsqu'il revint sur le chantier, tous les artisans étaient repartis. Seul Sang-su était occupé à tout ranger.

— Alors comme ça, on va se promener au lieu de travailler ? ironisa-t-il.

— J'avais la permission, répondit Jang-un.

— Tu es un petit privilégié, si je comprends bien ?

— Non, pas du tout... Laisse-moi faire, Grand Frère, je vais nettoyer.

Sang-su jeta le balai par terre et s'éloigna. Quand il eut fini de balayer, Jang-un alla au puits pour laver le linge sale qui l'attendait dans un panier d'osier. Pour cette tâche, normalement, Sang-su aurait dû l'aider. Mais il ne revint pas. Il devait être vraiment très fâché.

Il avait fallu trois jours entiers à Jang-un pour faire naître un pétale. À mesure qu'il évidait la pierre, la fleur s'ouvrait. Chaque pétale, avec ses lignes douces et délicates, le rendait fier et heureux. Il avait l'impression que les pétales enfermés dans la pierre se réveillaient peu à peu et se mettaient à respirer. Sa main tremblait. Il maniait son ciseau avec d'infinies précautions.

Quand Jang-un eut achevé la moitié des pétales, la vasque au lotus commençait à mériter son nom.

Progressivement, le temple prenait forme. On y voyait maintenant d'élégantes marches de pierre, des lanternes finement ciselées, des monuments de pierre coiffés d'un toit de pagode.

Sa journée terminée, Jang-un alla se coucher. Sur la porte de papier éclairée en plein par la lune, il vit le visage de son père.

« J'espère qu'il va bien. »

Le visage de sa grande sœur puis celui de Nan apparurent à leur tour. Jang-un n'arrivait pas à trouver le sommeil. Il se leva furtivement pour ne pas réveiller ses compagnons et sortit. Il alla voir sa vasque au lotus. Le clair de lune luisait doucement sur les pétales. Jang-un caressa la fleur. Il aimait sentir la rugosité de la pierre sous ses doigts.

Lorsque, après la vaisselle du matin, Jang-un arriva sur le chantier, il se figea.

— Qu'est-ce qui s'est passé ?

Sa vasque au lotus était cassée. Il manquait le bord supérieur du pétale qu'il avait sculpté la veille.

Poussant un cri de désespoir, il s'affaissa et martela le sol de ses poings.

— Qu'est-ce que tu as ? demanda Gabchul en accourant vers lui. Tu es malade ?

Incapable de prononcer un mot, Jang-un pointa du doigt la vasque. Sa main tremblait comme une feuille.

— Mais que lui est-il arrivé ? s'étonna Gabchul.

— Comment as-tu fait ça ? demanda Pandol qui venait de les rejoindre.

— Ce n'est pas moi ! protesta Jang-un en secouant la tête.

— Alors comment tu l'expliques ? insista Pandol.

— La vasque était intacte hier soir quand je suis parti, marmonna Jang-un, les yeux pleins de larmes.

— Ce n'est tout de même pas quelqu'un qui l'a cassée ?

Arrivés promptement sur les lieux, les autres ouvriers firent claquer leur langue.

— Quel dommage ! Elle était presque terminée.

Tout le monde se mit à jacasser en même temps. Au milieu du groupe, Tache-de-Vin, les bras croisés, demeurait silencieux. Jang-un lui lança un regard, comme pour lui dire que ce n'était pas sa faute. Mais le maître artisan détourna la tête.

— Retournez au travail ! ordonna-t-il. Laissez Jang-un résoudre son problème tout seul.

Sur quoi, il tourna les talons et partit à grandes enjambées. Les artisans se regardèrent, un moment indécis, puis finirent par s'éclipser.

— Il est trop dur avec toi, remarqua Gabchul, contrarié. Il n'essaie même pas de savoir ce qui s'est passé.

Comme Jang-un ne répondait pas, Gabchul s'en retourna.

Jang-un en voulait à Tache-de-Vin de sa froideur. Mais hélas, il ne pouvait rien y faire. Abattu, il se dirigea vers le logis des ouvriers.

— Il n'a qu'à s'en prendre à lui-même, fit une voix railleuse derrière lui.

Jang-un tourna la tête. Sang-su discutait avec quelques artisans. Le garçon croisa brièvement son regard et serra les poings. Laissant échapper un ricanement, Sang-su dénoua le mouchoir autour de son cou et le secoua.

Jang-un s'étendit à plat ventre sur sa couche.

« Non, ce n'est pas possible ! Une chose pareille ne peut pas m'arriver, pas après tout le mal que je me suis donné ! »

Quelle injustice ! Il se sentait bouillir de rage.

« Qu'est-ce que je vais faire maintenant ? Peu importe de qui c'est la faute, la pierre est cassée. »

Jang-un s'agrippa les cheveux et se roula par terre en poussant des hurlements de désespoir.

C'est alors qu'une voix grave retentit :

— N'essaie pas de trouver le coupable. Si quelqu'un veut te nuire, c'est ta faute. Tu n'as pas su apaiser sa haine.

Jang-un se redressa d'un bond. Tache-de-Vin s'éloignait déjà.

ㅎ

CHAPITRE 14

Quelques pincées d'herbes médicinales et un peu d'eau

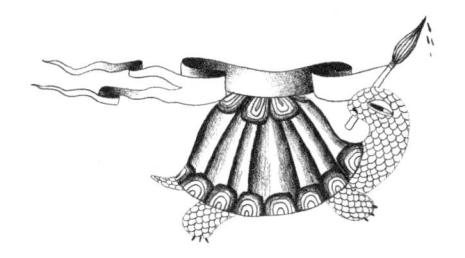

Plusieurs jours durant, Jang-un fut incapable de travailler à sa vasque. Il restait assis de longues heures devant son ouvrage, puis il se levait et allait donner un coup de main aux autres artisans. Il avait beau se creuser la tête, il ne trouvait pas de solution.

Alors qu'il aidait Pandol, un homme vint le voir.

— C'est toi, Jang-un ?

— Oui, répondit l'apprenti en se levant.

— Tu es bien le jeune frère de Deok ?

— En effet, dit Jang-un, si surpris qu'il en lâcha sa massette.

L'homme lui tendit un morceau de papier plié.

— Tiens, Deok m'a demandé de te remettre ceci.

— Ma grande sœur ? Il ne lui est rien arrivé, j'espère ?

— Si.

Le cœur de Jang-un fit un bond.

— Quoi ? C'est grave ?

— Lis toi-même.

Jang-un déplia en hâte le papier.

장운아, 일 잘하고 있지? 집사 아저씨가 주인어른 심부름으로 한양에 간다기에 급히 몇 자 적는다. 한달 전에 노할머니가 돌아가셨다. 할머니는 유언으로 그동안 정성스

럽게 수발한 나를 집으로 돌려보내라 하셨다. 그래서 사십구재 지내고 이달 스무날에 집으로 돌아간다. 아버지께는 봉구 아저씨 편에 벌써 일러두었다. 마음은 벌써 집에 가 있는 것 같다. 어서 만나고 싶구나.

(Cher Jang-un, Comment va ton travail ? Comme l'intendant doit aller à Hanyang pour mon maître, je me dépêche de t'écrire ce message. Il y a un mois, la vieille dame dont je m'occupais est décédée. Avant de mourir, elle a demandé à sa famille de me libérer pour me remercier de mon dévouement. Dès que ses proches auront fait l'offrande du quarante-neuvième jour, c'est-à-dire le vingtième jour de ce mois, je rentrerai à la maison. Mon cœur y est déjà. J'ai aussi prévenu notre père par l'intermédiaire de l'oncle Bong-gu. J'ai hâte de te revoir.)

Jang-un fut si bouleversé que ses mains se mirent à trembler. Il calcula combien il restait de jours avant le retour de sa sœur. Quinze jours ! Il leva les yeux vers l'homme qui lui sourit.

— C'est vrai que ma grande sœur va rentrer ?

L'homme hocha la tête et lui tapota l'épaule.

— Ta grande sœur s'est donné beaucoup de peine. La maîtresse accepte volontiers de la laisser repartir. Bon, il faut que je m'en aille maintenant. J'ai à faire.

— Merci, merci beaucoup, dit Jang-un en s'inclinant à plusieurs reprises.

Il courut à toutes jambes vers le bois et relut la lettre à voix haute. Il pleurait et riait à la fois. Les cigales chantaient. Jang-un mit ses mains en porte-voix pour crier plus fort qu'elles :

— Vous entendez, les cigales ? Ma grande sœur va rentrer à la maison !

Les artisans reposèrent leurs outils et tendirent l'oreille. Gabchul cligna des yeux, puis pressa ses paupières pour retenir ses larmes.

Jang-un regagna le chantier, débordant d'une énergie nouvelle. Il dégoulinait de sueur, mais, sans même penser à l'essuyer, il focalisa toute son attention sur la pierre qu'il était en train de tailler.

Le soir venu, il alla s'asseoir devant sa vasque au lotus. D'une façon ou d'une autre, il était bien obligé de la terminer. Il décida de laisser de côté la partie cassée et de reprendre la sculpture des pétales dès le lendemain.

« Il me viendra peut-être une idée. »

Jang-un et Gabchul lavèrent la vaisselle du souper et entrèrent dans le logis des ouvriers. Il était vide. Les hommes avaient dû aller boire dans une taverne. Gagné par une soudaine fatigue, Jang-un s'allongea sur le dos. Bientôt, il rentrerait chez lui et sa famille au complet pourrait à nouveau se réunir autour de la table. Rien qu'à cette idée, il sentait son cœur battre plus fort.

— J'imagine que tu as du mal à dormir en ce moment, dit Gabchul en remontant la mèche de la lampe à huile.

Il tenait à la main un paquet de feuilles qu'il avait lui-même reliées. Depuis quelque temps, il s'acharnait à essayer de lire et écrire.

— J'ai hâte de rentrer chez moi, dit Jang-un. Mais dès que je pense à ma vasque au lotus, j'ai l'impression de me retrouver dans une impasse.

— Je te comprends. Mais il va tout de même falloir que tu la termines, non ?

— Pour le moment, je n'ai aucune idée de ce que je vais en faire, répondit Jang-un, avant de se relever brusquement. J'étouffe ici ! s'exclama-t-il. Je vais prendre l'air.

— Calme-toi ! Je n'aime pas te voir comme ça.

Gabchul reposa son paquet de feuilles, se leva à son tour et éteignit la lampe.

Le ciel sans nuages s'assombrissait. Les deux garçons quittèrent le chantier et se dirigèrent vers la colline.

— Tu te fais beaucoup de souci à cause de ta vasque ?

Jang-un hocha la tête.

— Je t'ai bien vu, tout à l'heure. Tu n'y as même pas touché. Tu devrais profiter de la joie que te procurent les nouvelles de ta grande sœur pour achever ton travail.

— Tu as raison, c'est ce qu'il faudrait faire.

Gabchul passa son bras autour des épaules de son camarade.

— À cause de Tache-de-Vin, personne n'ose rien dire, reprit-il. Ça me fait mal au cœur de te voir te tuer à la tâche.

Jang-un garda le silence.

— J'ai une petite idée du coupable, mais je n'en suis pas sûr. Je n'ai pas de preuve... Mais oublions tout ça. Tu sais, ça a été dur pour moi de ne pas pouvoir te dire ce que j'avais sur le cœur. Mais maintenant, ça va mieux. Je me sens soulagé.

Jang-un eut un sourire amer.

— Regarde, il y a déjà des étoiles, dit Gabchul en pointant le doigt vers le ciel.

Les deux garçons renversèrent la tête en arrière. Quelques rares étoiles scintillaient. La lune avait commencé à décliner. Gabchul s'allongea dans l'herbe. Jang-un l'imita en croisant les bras derrière sa tête. Autour d'eux, les insectes grésillaient.

Tac tac tac !

Jang-un se redressa d'un seul coup

— Qu'est-ce que c'est que ce bruit ?

Gabchul tendit l'oreille dans la direction d'où provenaient les cognements.

— Ça vient du chantier. On dirait des coups de massette.

Tac tac tac ! Les bruits continuaient.

— Qui peut bien travailler à cette heure de la nuit ?

— Qui que ce soit, il n'a pas dû réussir à trouver le sommeil. Ne le dérangeons pas.

Les deux camarades s'étendirent de nouveau dans l'herbe. Quelques minutes plus tard, un cri de douleur retentit. Gabchul se releva et s'élança en courant vers le chantier, Jang-un derrière lui. Dans l'obscurité, ils aperçurent une silhouette tassée sur elle-même. Gabchul reconnut Sang-su.

— Qu'est-ce que tu fais là ? Tu t'es blessé ?

Sang-su avait jeté ses outils et se tenait la cheville. Un filet de sang coulait entre ses doigts.

— Laisse-moi tranquille ! cria-t-il.

— Montre-moi ! Ça a l'air grave !

— Je t'ai dit de t'en aller !

Mais Gabchul lui écarta de force les doigts. La cheville saignait. Apparemment, le ciseau avait glissé et s'était enfoncé dans la chair. Jang-un arracha l'un des rubans de sa veste et le serra autour de la cheville. Sang-su se débattit quelques secondes avant de se laisser faire. Bientôt, le ruban fut trempé de sang.

— Allons dans la chambre, proposa Jang-un. J'ai ce qu'il faut pour te soigner.

Gabchul prit Sang-su sur son dos, et Jang-un se précipita vers le logis des artisans. Il alluma la lampe à huile, puis sortit de son baluchon le sac que Nan lui avait donné. Il y prit la poudre blanche qui avait la vertu d'arrêter les saignements et lut les instructions de Nan. La jeune fille avait noté en détail la façon dont il fallait appliquer la poudre ainsi que les premières mesures à prendre en cas de blessure.

Gabchul et Sang-su entrèrent dans la chambre à leur tour. Jang-un ôta le ruban, saupoudra la plaie de poudre blanche et enroula de nouveau le ruban autour de la cheville en serrant très fort. Sang-su eut une grimace de souffrance, mais il ne broncha pas. Jang-un prit un autre sachet de remède recommandé par Nan.

— Il ne faut pas interrompre la circulation du sang trop longtemps, dit-il tout en lisant les directives de Nan. Je vais bientôt retirer le ruban et appliquer une pâte pour éviter que ça gonfle.

Sang-su coulait des regards furtifs vers le papier que tenait Jang-un.

— Toute la préparation des remèdes est expliquée là-dedans, dit Jang-un avant de se tourner vers Gabchul : Apporte-moi un bol d'eau, s'il te plaît.

Gabchul s'exécuta aussitôt. Jang-un pila des herbes séchées puis, avec un peu d'eau, en fit une pâte. Sang-su jeta un autre coup d'œil curieux sur la feuille. Jang-un la lui tendit.

— Bon, je crois que le saignement s'est arrêté maintenant. Je vais étaler la pâte sur la plaie.

Jang-un retira le ruban et appliqua la préparation sur la blessure.

— Tu l'as échappé belle ! grommela Gabchul à l'intention de Sang-su. Qu'est-ce qui t'a pris de travailler en pleine nuit ? Tu espères gagner une réputation de bon artisan en faisant ça ?

Sang-su ne répondit pas. Mais il ne tentait plus de refuser l'aide de Jang-un. Ce dernier arracha l'autre ruban de sa veste pour en envelopper le cataplasme.

— Pour apaiser l'inflammation de la plaie, commença à lire Gabchul d'un ton sérieux, faire infuser... euh, là il y a un idéogramme chinois, mais je suppose qu'il s'agit d'une plante... et faire boire la préparation au malade pendant trois jours de suite.

Sur quoi, Gabchul fouilla dans le sac à la recherche de la plante en question.

— Tu ferais un bon médecin, plaisanta Jang-un. Ça y est ? Tu l'as trouvée ?

— La voilà ! Je ne sais pas qui a écrit tout ça, mais ce doit être quelqu'un de très méticuleux.

Gabchul sortit un sachet d'herbes médicinales qu'il agita devant les yeux de ses deux camarades. Puis il reprit sa lecture :

— Mettre quelques pincées de « cette plante » dans deux pintes d'eau... Je ne me débrouille pas mal comme médecin, vous ne trouvez pas ?

Gabchul alla préparer son infusion dehors.

— Merci, Jang-tol, dit enfin Sang-su d'une voix apaisée.

— Tu connais mon surnom ?

Sang-su esquissa un sourire gêné.

— Dès le premier instant où je t'ai vu sur le chantier, à Chojeong, j'ai été jaloux de toi parce que Tache-de-Vin t'appréciait. Je regrette.

— Non, c'est moi qui regrette pour toutes les corvées que tu as dû faire à ma place.

Sang-su désigna les feuilles de papier reliées et demanda :

— Je peux regarder ce que c'est ?

Jang-un lui tendit le paquet.

— J'ai noté là-dedans tout ce que j'ai appris. Ça m'a beaucoup aidé.

Sang-su tourna lentement les pages.

— Je vous ai souvent vus lire, Gabchul et toi.

Il considéra tout à coup Jang-un d'un regard grave.

— Ta vasque au lotus...

— C'est de la belle ouvrage pour un premier essai, non ? le coupa aussitôt Jang-un en ramassant les sachets de plantes éparpillés sur le sol.

Gabchul revint, un bol dans les mains.

— Tiens, bois ça, dit-il à Sang-su. En attendant que le reste infuse.

— Merci, répondit Sang-su, gêné.

CHAPITRE 15

La lettre dans le pavillon

Jang-un continua de travailler sur sa vasque au lotus. Chaque fois qu'il regardait le pétale brisé, son cœur se serrait.

« Je trouverai un moyen de l'arranger », se disait-il pour se consoler.

Et, s'efforçant de ne pas voir la partie abîmée, il mettait tous ses soins à sculpter d'autres pétales.

Après la collation de l'après-midi, les ouvriers s'installèrent pour prendre quelque repos. Comme tous les jours, Jang-un se mit à tracer des lettres sur le sol, entouré de son petit groupe habituel. Pendant que certains lisaient, d'autres copiaient les mots qu'il écrivait. Depuis quelque temps, plusieurs jeunes charpentiers les avaient rejoints.

Soudain, une grande agitation s'empara du chantier. Les maîtres d'œuvre couraient dans tous les sens en agitant leurs baguettes.

— Que se passe-t-il ?

Tache-de-Vin accourut vers ses ouvriers.

— Le roi est là ! Il vient vérifier l'avancement des travaux. Remettez-vous au travail !

— Le roi ?

Ils se relevèrent d'un bond. Les yeux écarquillés, Gabchul tendit le cou pour essayer d'apercevoir le souverain. Le cœur de Jang-un s'affola.

— Concentrez-vous sur votre ouvrage comme d'habitude ! conseilla Tache-de-Vin.

Il paraissait, lui aussi, un peu nerveux, mais s'efforçait de calmer ses compagnons tout chamboulés à l'idée de voir le roi. Jang-un se sentait dans le même état qu'eux.

Quelques instants plus tard, le cortège fit son apparition. À sa tête marchait un homme vêtu de rouge, protégé des rayons du soleil par un grand parasol.

Faisant mine de travailler, Jang-un examina les visiteurs du coin de l'œil.

Lorsque le cortège s'immobilisa, tous les artisans reposèrent leurs outils et se prosternèrent. Jang-un brûlait d'envie de voir le roi – ne serait-ce qu'une fois –, ce roi qui avait inventé un alphabet si facile à apprendre. Comme il devait se sentir seul en face de ses ministres !

Mais comme tous les ouvriers gardaient le front sur le sol, Jang-un n'osa pas relever la tête.

Un long moment s'écoula. Le cortège ne repartait pas. Tout à coup, une voix retentit :

— Qui a tracé ces lettres sur le sol ?

Les artisans se redressèrent un bref instant, mais repiquèrent aussitôt du nez. Tache-de-Vin se hâta vers le cortège, puis revint sur ses pas en faisant signe à Jang-un de le suivre. Le cœur battant à tout rompre, l'apprenti obéit. Il se prosterna à côté de son maître.

— C'est toi qui as écrit ça ? demanda un homme vêtu d'un uniforme vert en pointant le doigt vers le sol.

Jang-un posa son regard sur les mots :

하늘 땅 사람 여름 구름
(ciel, terre, homme, été, nuage)
— Euh... oui.
— Et ça, c'est à toi aussi ? demanda l'homme en lui montrant les feuilles de papier reliées.

Jang-un avait dû les laisser tomber en retournant précipitamment à son travail.

— Oui.

Lorsque l'homme en uniforme s'écarta de côté, Jang-un aperçut de magnifiques chaussures de soie noire.

— Comment se fait-il que tu connaisses ces lettres ?
— Euh... c'est un grand-père qui me les a apprises.
— À quoi ressemblait-il ?
— Il avait un air noble et bienveillant... Il m'a dit qu'il avait beaucoup de soucis.
— Et tu l'as aidé à se libérer de ses préoccupations ?
— Comment ?

Cette phrase... Jang-un l'avait déjà entendue quelque part ! Il releva brusquement la tête.

— Grand-père !

Cet homme vêtu d'une splendide robe rouge brodée d'or était le vieux gentilhomme aux yeux de lapin ! Éberlué, Jang-un demeura figé un instant. Puis, ayant repris ses esprits, il se prosterna de nouveau.

— Relève-toi !

Jang-un obtempéra, mais garda le dos courbé.

— Dès que je t'ai vu, je t'ai reconnu. Tu as bien grandi, Jang-un. Mais que fais-tu ici ?
— Je suis venu avec mon maître et ses compagnons. Je suis apprenti sculpteur.

— Ah, je me souviens ! Tu m'avais dit que ton père était tailleur de pierre. Il était malade, si je ne me trompe. Comment va-t-il à présent ?

— Beaucoup mieux.

Le roi hocha la tête.

— Et ce paquet de feuilles, il t'appartient, n'est-ce pas ?

— Oui... j'y ai noté ce que j'ai appris pour ne pas l'oublier.

Comme le roi parcourait les notes du regard, deux feuilles tombèrent par terre. Deux lettres. Jang-un s'empressa de les ramasser et les déposa en tremblant dans la main tendue du roi.

— Qu'est-ce que c'est ?

— Une lettre de ma grande sœur et une autre...

Le roi déplia la première feuille et la lut. Les yeux arrondis de surprise, il regarda Jang-un.

— Mais, comment se fait-il... ?

— Ma grande sœur a été obligée d'aller travailler loin de chez nous comme servante pour rembourser une dette de mon père. Alors nous avons échangé des messages.

— Vous vous êtes servis du nouvel alphabet ? demanda le roi stupéfait. J'imagine que tu as dû avoir beaucoup de chagrin quand ta sœur est partie.

Il hocha la tête et se mit à lire l'autre lettre.

장운아, 내가 이제 못 오겠구나.

그동안 네가 떠다 준 물 잘 마셨다. 네 덕에 아주 즐거웠느니라. 훗날에 꼭 다시 만나자. 그때까지 아버지 잘 모시고 씩씩하게 살아라. 글자도 잊지 말고 유익하게 쓰려무나. 쌀 한 가마 오거든 내가 하늘 심부름 한 줄 알고.

(Cher Jang-un, Je ne peux plus venir. Je te remercie de m'avoir apporté ton eau de source. J'ai passé des moments agréables en ta compagnie. Je suis sûr que nous nous retrouverons un jour. Jusque-là, prends bien soin de ton père et garde courage. N'oublie pas de t'exercer à écrire et utilise l'alphabet que je t'ai enseigné à bon escient. Quand tu recevras un sac de riz, sache que c'est moi qui te l'ai envoyé, à la demande du ciel.)

— Mais il s'agit de la lettre que j'ai laissée dans le pavillon à Chojeong !

— Je me suis dit que si je la portais toujours sur moi, je vous retrouverais un jour...

Jang-un éclata en sanglots. Le roi lui caressa les cheveux.

— Je savais que vous tiendriez votre promesse, continua le garçon, en souriant à travers ses larmes.

— Moi aussi, je suis content de te revoir.

Jang-un sourit joyeusement, le roi l'imita.

— Pourquoi as-tu écrit sur le sol ?

— J'apprends l'alphabet aux autres artisans pendant la pause.

— Comme un maître d'école ! Décidément, tu as bien mérité le sac de riz que je t'ai envoyé.

Et sur ce, le roi aux yeux de lapin partit d'un grand rire. C'était le même rire que Jang-un avait entendu dans le pavillon sur la montagne. Moins crispé, il s'esclaffa à son tour.

— Depuis que le nouvel alphabet a été imposé à tout le monde, je me suis souvent demandé qui vous étiez.

Un homme à côté du roi sourit. C'était le lettré que Jang-un avait vu dans le pavillon. Surpris, le garçon s'inclina.

— Tu le reconnais maintenant ? demanda le roi.

— Oui, Grand-père.

Le lettré s'avança d'un pas et chuchota à l'oreille de Jang-un :

— Dis « Votre Majesté ».

Jang-un articula avec peine :

— Votre... Majesté.

— Non, continue de m'appeler Grand-père... En quoi consiste ton travail, ici ?

— Je suis en train de sculpter une vasque en forme de lotus.

— Tu veux me la montrer ?

— Oui, Grand-père... je veux dire, Votre Majesté !

Tache-de-Vin guida le cortège vers l'endroit où se trouvait l'ouvrage de Jang-un. En revoyant la partie cassée, Jang-un sentit la colère remonter en lui. Il n'avait toujours pas trouvé d'idée pour camoufler ce défaut dans son œuvre. Si au moins il n'était pas arrivé malheur à sa vasque, il aurait pu la montrer au roi avec fierté. Quel dommage !

Le roi caressa les pétales de lotus.

— Je la remplirai d'eau, expliqua Jang-un.

— Quel travail magnifique ! Comment as-tu fait pour obtenir des pétales aussi beaux ?

— Quand je cisèle la pierre, les pétales prennent vie et s'épanouissent.

— Tu crois vraiment que la fleur enfouie dans la pierre se réveille ?

— Oh oui !

Le roi hocha la tête et réfléchit un instant. Puis il se pencha vers Jang-un et lui murmura :

— Somme toute, moi aussi je suis en train de faire naître une fleur.

Jang-un dévisagea le roi sans comprendre.

Celui-ci lui sourit, puis il toucha le pétale brisé et dit :

— C'est pour laisser s'écouler l'eau ?

— Comment ?... Ah oui !

Jang-un eut l'impression d'avoir été frappé par la foudre. Son estomac se dénoua d'un seul coup.

« Pour laisser s'écouler l'eau ?... C'est exactement ça ! »

— Quand tu seras maître sculpteur, viens me voir, tu me le promets, Jang-un ?

— Oui, Grand-père.

Le roi caressa de nouveau les cheveux du garçon et lui dit tout bas :

— Une fois de plus, tu m'as ôté un gros poids.

— Vous aussi, vous m'avez bien aidé, Grand-père !

— Vraiment ? s'esclaffa le roi.

Jang-un rit avec lui. Il était si heureux d'avoir retrouvé le grand-père qu'il avait connu !

Le cortège se remit en marche. Jang-un resta longtemps incliné. Lorsqu'il se redressa, il eut le sentiment d'avoir rêvé. Les artisans se relevèrent à leur tour.

— C'est donc le roi qui t'a appris l'alphabet, Jang-un ? demanda Tache-de-Vin abasourdi. Je n'en crois pas mes oreilles !

Jang-un voulut répondre, mais fut incapable d'articuler un son.

— Hé ! Ressaisis-toi ! dit Gabchul en lui donnant une tape sur l'épaule.

— Je... je crois que oui.

Bouche bée, les artisans le considéraient avec étonnement.

— Jang-tol, tu peux m'expliquer ce qui vient de se passer ? demanda Gabchul, très agité. Si tu es un disciple du roi, moi aussi ! On peut dire que je suis indirectement son élève.

S'efforçant de dominer son émotion, Jang-un se remit au travail. Ses mains tremblèrent longtemps.

Le soir venu, tous les artisans du chantier se régalèrent des gâteaux de riz et de l'alcool offerts par le roi. Seul Jang-un n'avait aucun appétit.

Plusieurs jours durant, le garçon cisela le pétale brisé pour en recourber le bord vers l'extérieur. Pour finir, il vit apparaître, en bordure de la vasque, une sorte de petite goulotte. Il prit une profonde inspiration et esquissa un grand sourire de satisfaction. Puis, pour dégourdir ses muscles, il se retourna légèrement et vit Tache-de-Vin qui le regardait en souriant.

Enfin, sa vasque au lotus était terminée ! Jang-un avait vécu avec elle tout l'été, mais à présent, il lui semblait découvrir quelque chose de totalement nouveau. Ce n'était plus une vasque de pierre, c'était une délicate fleur de lotus. Les yeux de Jang-un lui picotaient, son cœur cognait fort dans sa poitrine. Gabchul s'approcha et lui donna une tape sur l'épaule.

— Bravo, Jang-tol ! Tu l'as enfin finie !

Les ouvriers de Tache-de-Vin s'assemblèrent autour des deux garçons.

— On dirait qu'elle vient tout juste de s'ouvrir ! dit l'un d'eux en guise de compliment. Elle est parfaite ! Il y a même une goulotte.

— Merci, dit Jang-un en s'inclinant profondément. Je vous dois à tous énormément.

— Notre maître d'école est bien poli !

Un peu à l'écart du groupe, Sang-su hochait la tête en souriant. Jang-un lui renvoya son sourire.

— Qu'est-ce que tu attends ? lança Tache-de-Vin. Maintenant que tu as fini, tu peux aller aider les autres.

Et il s'en fut.

— Quel sale caractère ! s'exclama Gabgchul en secouant la tête.

Avec l'aide de ses compagnons, Jang-un porta sa vasque au bord du ruisseau, auquel il la relia à l'aide d'une grosse tige de bambou fendue en deux. Suivant le tuyau improvisé, l'eau se déversa dans la cuvette. Elle resta un instant au cœur du lotus avant de se frayer un chemin vers le pétale au bord recourbé. Pour l'aider à s'évacuer, Jang-un creusa une rigole dans le sol au pied de la vasque. On aurait dit un nouveau petit ruisseau.

À elle seule, la fleur de lotus recomposait tout un univers.

La collection « Matins calmes »,
une exploration de la littérature de jeunesse coréenne classique et contemporaine...
Une rencontre avec une écriture authentique d'hier et d'aujourd'hui, qui éclaire sur l'histoire, le patrimoine et la société coréenne.
Des voix singulières, à la fois graves, émouvantes et sincères qui posent les bases de la nature identitaire du peuple coréen, contemplative et mélancolique, optimiste et sentimentale, et qui questionnent le monde.

Dans la même collection

Rêves de liberté
Kim Soyeon

Quand sa famille commence à parler mariage, Myeonghye, treize ans, demande à partir étudier à Séoul. Grâce au soutien de son frère, elle obtient l'autorisation de quitter les siens. Très vite, et faisant face aux conventions sociales, elle devient volontaire dans un hôpital pour femmes. Car elle n'a plus qu'un rêve : devenir médecin.
Mais le chemin est bien long...

Murmure à la lune
Kim Hyang-yi

Song-hwa est une petite fille solitaire de douze ans. Elle n'a jamais connu ses parents et vit seule avec sa grand-mère chamanesse dans un village au bord de la rivière Imjin, non loin de la frontière avec la Corée du Nord.
Dans l'innocence de son coeur, Song-hwa confie à la lune ses chagrins et ses espoirs secrets.

Composition et mise en page

NORD COMPO
multimédia

Reproduit et achevé d'imprimer
en juillet 2010
par l'imprimerie Edelvives (Espagne)

Dépôt légal : août 2010
ISBN : 978-2-916899-41-1

Loi n° 49-956 du 16 juillet 1949
sur les publications destinées à la jeunesse